乍浦 山海经

ZHAPU SHANHAI JING

山篇 / 海篇 / 城篇

中共平湖市乍浦镇委员会

平湖市乍浦镇人民政府 编

浙江工商大学出版社 杭州

图书在版编目（CIP）数据

乍浦山海经 / 中共平湖市乍浦镇委员会, 平湖市乍
浦镇人民政府编. — 杭州：浙江工商大学出版社,
2023.9

ISBN 978-7-5178-5652-8

Ⅰ.①乍… Ⅱ.①中… ②平… Ⅲ.①民间故事—作
品集—平湖 Ⅳ.①I277.3

中国国家版本馆CIP数据核字（2023）第165193号

乍浦山海经
ZHAPU SHANHAI JING

中共平湖市乍浦镇委员会　平湖市乍浦镇人民政府 编

责任编辑	张晶晶
责任校对	李远东
特约编辑	李大军
封面设计	嘉兴市者舍互娱文化创意有限公司
插　　画	嘉兴市者舍互娱文化创意有限公司
责任印制	包建辉
出版发行	浙江工商大学出版社
	（杭州市教工路 198 号　邮政编码 310012）
	（E-mail：zjgsupress@163.com）
	（网址：http：//www.zjgsupress.com）
	电话：0571 - 88904980, 88831806（传真）
排　　版	尚俊文化
印　　刷	杭州丰源印刷有限公司
开　　本	787 mm×1092 mm　1/16
印　　张	7.25
字　　数	113 千
版 印 次	2023 年 9 月第 1 版　2023 年 9 月第 1 次印刷
书　　号	ISBN 978-7-5178-5652-8
定　　价	78.00 元

《乍浦山海经》编委会

顾　　问：王晓平　傅晓波　曹　军　黄国元

主　　编：陈佳秋

副 主 编：徐群英

编　　辑：张爱军　陶水勤　陈佑清　陈正其　胡敏杰

特邀编辑：陈　宰

序

毛晓青

故事里的乍浦

　　一向具有"江浙门户""海口重镇"之称的乍浦，依山傍水、风景秀丽。背山面海的地理优势，造就了乍浦镇的世代繁盛，使乍浦成为唐代的海盐晒场、宋代的贸易港口、明代的海防重地、清代的东南雄镇……历经千年辉煌的乍浦镇，留下了许多弥足珍贵的文化遗产，其中不乏优美的民间传说与民间故事。为此，中共平湖市乍浦镇委员会、平湖市乍浦镇人民政府专门成立了编委会，将古往今来流散在民间的故事传说重新编辑整理、加工创作，并邀请乍浦籍的插画师配上精美插图。历时两年多后，民间故事读本《乍浦山海经》完美地呈现在了广大读者面前。

　　翻开这本装帧精美的《乍浦山海经》，就像展开了一幅幅乍浦的山海画卷，那些优美生动的民间故事，给乍浦镇添上了一层瑰丽的传奇色彩。

　　乍浦的每一座山背后，都有一段令人惊叹的传奇：沿海的天然屏障九龙山，原来是东海龙王三太子的九个龙子幻化而成，而与三太子激战的龟丞相父子，化作了东沙湾南端的大小乌龟山；朱元璋当了明朝开国皇帝后，将龟山赐给了替他立下不世之功的信国公汤和，从此龟山改名为汤山；那宛似一匹飞马的天马峰，定格的是抗倭将军的坐骑仰天长啸的一刻；那杭州灵隐寺大名鼎鼎的飞来峰，竟是济颠和尚从乍浦搬来的苦竹山，从此"十座青山开世界"的乍浦，成了"九峰紫翠藏古迹"。

乍浦之南波光粼粼的海域，更是一片故事海：范蠡从这里浮海北上，从此越国大夫蜕变成了富商陶朱公；伍子胥被害后的尸身，从东海漂流到此，被青龙山海滩边的渔民安葬在近海的小岛上，从此吴国大夫的冤魂有了归处；徐福从这里出海寻仙，一去不返，气得秦始皇"一怒劈出晕顶山"。至今，晕顶山上还有一块"秦皇试剑石"；《红楼梦》从这里出海到日本，"梦从此处飞去，渡碧海青天，散落大千世界……"屹立在乍浦牛角尖的《红楼梦》出海纪念亭——海红亭，象征着这片神奇的海域是梦想启航的地方。

乍浦城中的里弄小巷，也有许多精彩的故事在穿梭飞翔：镇西门的怀橘弄，因孝子陆绩怀橘奉母而得名；西门外三里地的戴墓墩，传说埋葬着恶霸戴将军；凤凰桥西的六度庵，鉴真和尚东渡时曾在此待航；"平沙演武"的景观，让亲临阅兵的乾隆皇帝深深陶醉……

乍浦镇处处有故事。大到一座山、一片海、一个城，小到一块仙家石、一个枕头瓜，都有着了不起的来历；上到秦始皇、伍子胥、汤国公这样的帝王将相，下到聪明的石匠、恩爱的老夫妻、心慈的渔夫这样的小老百姓，也都有着不平凡的经历；甚至连已经消失了的苦竹山、山阳城，仍有美丽的故事在传讲。

这些流传至今的民间故事寄寓了一代又一代乍浦人的善念与愿望。他们希望亲情像九峰山一样牢固，孩子像怀橘奉母的陆绩那样孝顺；他们也向往像鉴真和尚那样去看看海外的世界，如范蠡那般在海那边开创出新的天地。

而那些真的远离家乡的游子，思乡心切时，便会唠叨起家乡的传说故事：老夫妻和大公鸡化成的金鸡岭依旧逶迤绵延吧；猛将为救母亲织女一斧子砍成的劈开山，依旧险峻吧；那个纪念兰儿诞生的凤凰桥不知还在不在；红肚兜女孩幻化的杜瓜依旧很甜吧；从隐士毛广家移栽过来的"玉楼春"牡丹依旧很美吧；那差点被高丽客商扔掉的盐津豆还是那个味儿吧……所谓乡愁，不就是家乡的一草一木一蔬一饭吗？

有了故事，乍浦的山水草木便有了精气神。那从乍浦的山、乍浦的海、乍浦的城中生长出来的带着乍浦人基因的民间故事，才是真正的家乡故事。

讲好中国故事，先要讲好家乡故事。《乍浦山海经》的面世，为乍浦人讲好中国故事迈出了坚实的一步。

而今，古银杏树依然屹立，乍浦的民间故事也依然在流传。山海不语，仿佛在默默期待着千年古镇乍浦，在新时代的新征程上继续念好"山海经"，谱写出充满时代气息的山海新传说。

作者系《山海经》杂志社原总编辑、中国民间文艺家协会理事、浙江省民间文艺家协会副主席、浙江省民间文艺家协会故事专委会主任

目录

山 篇

海 篇

城 篇

山篇

九龙山的来历

很久很久以前，乍浦海边一马平川并无山脉，海边住着一户渔家，以出海打鱼为生。渔家夫妻中年得女，取名丽姑，视之为掌上明珠。

一天，渔夫出海捕鱼，看见一条白蛇被一只大鹏鸟啄得遍体鳞伤，奄奄一息。渔夫当即救下白蛇带回家中治疗。不久白蛇伤愈，渔夫便将其放归大海，白蛇一步三回头，恋恋不舍。说也奇怪，从此以后，渔夫下海捕鱼，每次都能捕到大鱼。

数年后，渔夫老病身故，捕鱼养母的担子就落在丽姑身上。母女二人虽然辛苦，倒也衣食无忧。但有一件事最让母亲揪心，就是丽姑已到谈婚论嫁的年龄，虽貌若天仙，却因当时当地无入赘习俗，一时难找女婿。倘若让女儿出嫁，自己一人将无依无靠；如将女儿留在身边，岂不误了女儿终身？丽姑是个很有孝心

的姑娘，不愿抛下老母出嫁，宁愿与母亲相依为命。

一日，丽姑出海捕鱼回家，看见有位英俊少年在家挑水劈柴，给母亲递水端汤。询问老母，得知小伙子已经来了好几天了，并愿意留下来做上门女婿。于是，丽姑与小伙子结为夫妻，恩恩爱爱，同侍老母，家境也逐渐富足。一晃过了二十来年，夫妻俩连生九子，一家三世同堂，人丁兴旺，其乐融融。不知不觉九个儿子已长大成人，跟着父亲习武打鱼，个个英俊聪明，人人武艺超群。

有一次，父亲带着九个儿子出海打鱼，不料回来时好几人浑身是伤。丽姑忙问事由，丈夫告诉妻子："我本是东海龙王的三太子，一日出海游玩，突遭大鹏袭击，险些丧命，幸亏岳父相救。为报救命之恩，我变成小伙子入赘。但因离家多日未归，父王便派龟丞相四处寻找我的下落。今日海上相遇，龟丞相说奉父王命一定要带我回龙宫，我执意不从，龟丞相父子便带领虾兵蟹将与我父子十人一场恶战，终于强行将我捉拿归宫。父王见我遍体鳞伤，便问怎么回事，我以实情相告，结果父王龙颜大怒，定要立斩龟丞相父子，是我求情才免了龟丞相父子一死。父王命令龟丞相父子送我回家，并命令他们在海边保护我们家。"说完三太子告别家人，说要到龙宫取药疗伤，因为凡间的药治不了仙家。

丽姑和母亲听后将信将疑，明明小伙子来家已有二十多年，为什么他却说离开龙宫多日。母女俩不知仙界一日等于人间一年，因此越想越觉得不对劲，决定去海边看看

动静再说。

在海边，龟丞相父子因为从未见过丽姑母女俩，非但没有笑脸相迎，反而吹胡子瞪眼睛凶神恶煞，与母女俩发生了激烈的争执，双方一直僵持到半夜子时。九个龙子见外婆与母亲迟迟不回家，赶紧跑去海边，一看就知道麻烦大了，两方鸡同鸭讲，完全无法沟通，兄弟九人也无可奈何。龟丞相父子和丽姑母女互不相让，都坚持在海边就地等候三太子回来解决争端。

见此情景，兄弟九人东西一线，坐在外婆与母亲的北面，一边护着她们，一边等候父亲回来。由于白天和龟丞相的虾兵蟹将恶战了一番，九个龙子伤困难熬，一个个都睡着了，外婆与丽姑也打起了瞌睡。这一睡不得了，九个龙子睡成了九座大山，丽姑化成了里蒲山，外婆化作了外蒲山。

三太子拜别父王，带着仙药，现白龙真身，腾云驾雾，回到家中，推门一看，人去屋空，小白龙心想，不会是龟丞相父子趁我不在，闯出祸来了？于是急忙赶到海边，这一看，三太子惊得目瞪口呆，不过半天时间，岳母、爱妻、九个儿子都化成了大山！悲痛不已的三太子厉声责问龟丞相父子，龟丞相父子一看这架势，情知三太子定然不会轻饶他们，撒腿便向东海逃跑。三太子手指一点，一个定身法，把龟丞相父子定在了东沙湾南端，从此就有了大乌龟山和小乌龟山。

九个龙子变化而成的九座山被后人称为九龙山。

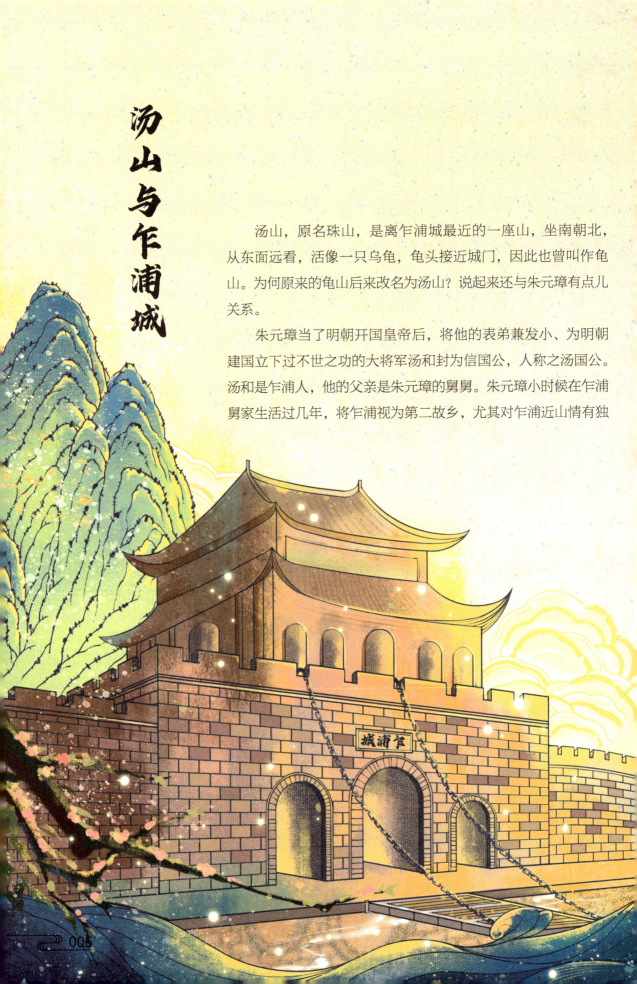

汤山与乍浦城

汤山，原名珠山，是离乍浦城最近的一座山，坐南朝北，从东面远看，活像一只乌龟，龟头接近城门，因此也曾叫作龟山。为何原来的龟山后来改名为汤山？说起来还与朱元璋有点儿关系。

朱元璋当了明朝开国皇帝后，将他的表弟兼发小、为明朝建国立下过不世之功的大将军汤和封为信国公，人称之汤国公。汤和是乍浦人，他的父亲是朱元璋的舅舅。朱元璋小时候在乍浦舅家生活过几年，将乍浦视为第二故乡，尤其对乍浦近山情有独钟，因自己身为一国之君无暇顾及，就请汤和对乍浦多加操心，并将龟山赐给他，从此龟山就成了汤国公山。老百姓嫌汤国公山叫起来太麻烦，图简单，就将汤国公山简称为汤山。

乍浦地处沿海，匪患不断。内有海盗出没，外有倭寇入侵，乍浦城有城无墙，盗寇来去如入无人之境，城中百姓常常一夕数惊，不得安宁。汤国公为了报答表哥皇恩，造福乡里，就征集民夫在乍浦筑城垣挖城河，将乍浦建成了一座四四方方的坚固城池。城有东、西、南、北四道城门，每道城门都部署有城防工事和兵勇，城门外护城河上建有吊桥，城门一关，吊桥一收，城内城外顿时隔断，盗寇插翅难入。乍浦城成为海防前哨，承担起对外防御的重任。从汤和修城至鸦片战争，几百年间，乍浦城固若金汤，多次御敌寇于城门之外，城里的老百姓过着安居乐业的日子。

嘉靖三十二年（1553）四月二十六日，明朝参将汤克宽率师抗倭路过汤山，向百姓问路，百姓告知是汤山，参将大喜：原来这是我家家山！于是在此扎营杀敌，获大胜。

人们自从习惯叫汤山后，就再也不知龟山了。近几年，汤山上建起了瑞祥寺，瑞祥寺的晓钟梵音成为乍浦的人文胜景。政府还在紧挨汤山西侧的滨海荒滩上修建了一个开放式大型城市公园，名为汤山公园。汤山与公园连成一体，成了乍浦民众和远近游客休闲娱乐的好去处。

天马峰

乍浦城西三四里路外的地方，有一座瓦山。山上风景如画，名胜古迹众多，其中数天马峰最有名，至今还流传着一段神奇的传说哩。

明朝时候，倭寇时常到我国东南沿海一带侵犯掳掠，弄得国不泰、民不安。有一年，乍浦来了一位将军，他带领士兵抗击倭寇。将军智勇双全，所向无敌，杀得倭寇抱头鼠窜，从此，倭寇再也不敢到乍浦骚扰了。

据说，这位抗倭将军的坐骑是一匹宝马，作战时非常勇敢，帮助将军立过不少战功，将军非常爱宝马，宝马也很爱将军。后来，将军在一次战役中不幸牺牲了。宝马没有了主人，哭得很伤心。将军的部下把将军埋在瓦山上，宝马很有灵性，围着坟墓打转，不愿离开，一直守候在将军墓边。

山下有个刘财主，听说山上有一匹宝马，就动起坏脑筋来，想据为己有。一天，刘财主带着一帮奴才，扛着大刀，悄悄上山

来了。宝马正守在将军墓旁，突然发现山下有一批人鬼鬼祟祟地朝山上走来。宝马看出他们不怀好意，就蹦了起来，四蹄腾空，发出一声长啸，声震山谷，吓得这帮奴才心惊胆战，不敢上前。刘财主放出马笼套，朝宝马套过去，宝马早有防备，它后蹄一蹬，横扫过来，正好踢在刘财主头上，他痛得哇哇直叫，双手抱着头赶紧往山下跑去。

刘财主贼心不死，歇息一阵后，又拿起大刀，从岩石后偷偷挪到山上，趁宝马和他的一帮家奴对峙时，忽地抡起大刀，砍在宝马颈项上。宝马负痛又蹦又跳，沿着瓦山狂奔三圈，仰天长啸一声后化成了一匹石马，宛如一座山峰。从山下望去，俨然一匹骏马在天空奔腾。

从此，这个由宝马化石而成的山峰被人称为天马峰。据说天马头颈上的刀痕，至今还十分清晰。

范蠡下海

范蠡是我国历史上第一位弃官下海的"民营企业家"。他下海的地方，位于今浙江省乍浦里蒲山东侧的大乌龟山。自他下海以后，乌龟山就被人们视为下海从商的发祥地，乌龟成了吉祥物，下海也演变为从商的代名词。

　　范蠡，春秋末年越国大夫，因为辅佐越王勾践东山再起而名闻天下。

　　周敬王二十六年（前494），越王勾践得知吴王夫差正日夜调兵遣将，准备攻打越国，决定先发制人，兴师伐吴。吴王夫差集中精兵迎击越军，在今苏州西南太湖中的夫椒山大败越军，又乘胜追击，直捣越都会稽，迫使越国屈服，越王勾践作为战俘前往吴国侍奉吴王三年。

　　三年后，越王勾践获释归国，卧薪尝胆，励精图治，推行"富国强民"政策，派大夫范蠡在今钱塘江口觐乡的东江流域围海堰、造良田，开发渔盐，奖励耕种。数年以后，觐乡发展成为富庶之地，老百姓家家户户都存有足够吃三年的粮食。

　　韬光养晦近二十年之后，国富兵强的越国，终于在公元前473年，一举打败吴军，灭掉吴国，洗雪了会稽之耻。越王勾践封范蠡为上将军。

　　范蠡觉得勾践可以共患难疾苦，难以同富贵安乐，不如急流勇退，以免来日招致杀身之祸。于是，范蠡便偕美女西施隐退，回到当年西施居住过三年的槜李土城，取出埋在地窖中的珍宝珠玉，按原定计划，驾一只瓜皮小艇，双双离开槜李。二人从澉浦青龙江向东到了东海口乌龟山的海岬上，在那里换乘早就准备好的三帆大船，浮海北上，到了齐国，化名鸱夷子皮。

　　范蠡足智多谋，理财有方，不久家产即累积数十万，成为中国历史上第一个经营致富的大商人。齐国国君认为范蠡是贤才，就任命他做丞相，范蠡怕树大招风，不久就辞职散财，潜行至今山东定陶，自称陶朱公。在那里，他继续经营，很快又发家致富。

　　陶朱公经营有道，不唯利是图，善聚财理物，疏财仗义，扶弱济贫，乐善好施，后世人们便将范蠡奉为商人的祖师，吴越地区的财神。

顾石匠巧搬大铁炮

乍浦九龙山的南湾山坡上，有一座雄伟壮观的南湾炮台。南湾炮台建于清光绪二十年（1894），耗时一年建成。炮台中间置有一门仿英国"阿姆斯特朗炮"的巨型大铁炮，是由李鸿章创办的江南机器制造总局制造的。如今，南湾炮台已被列为国家和省级重点文物保护单位。

这尊大铁炮是怎么被搬上山的呢？乍浦当地流传着一个颇为动人的故事哩。

当年大炮被从海上运抵乍浦后，因港口距离炮台很远，无法起运，不得已，只好将船只停靠在距离南湾炮台不远的海滩上。

然而，南湾山坡很陡。驻守乍浦的绿旗水师营统领杨美胜，带领六百名清兵，费尽九牛二虎之力，也无法把大炮搬运上山。可是，朝廷限定了大炮的落成时日，逾期要依法查办，轻则削职丢官，重则充军杀头。杨统领急得像热锅里的蚂蚁一样。

这时，有个乍浦本地出生的百爷前来献策："杨统领，乍浦东门外龙湫山脚下，有个做工的石匠，是个能工巧匠，远近闻名，人称'顾二师傅'，不妨找他试试！"

杨统领一听很高兴，连忙说："好！快备大红帖子去请。"

顾二师傅的大名叫阿德，本地人，家境贫寒，没有上过学，靠打山凿石为生。顾二师傅二话不说，背起工具袋就跟随当差的来到乍浦绿旗水师营。

杨统领见到顾二师傅，笑容满面地说："我特地请你来共同商讨把大炮送上新炮台的大事。事成之后，重重有赏。"

顾二师傅一听，说："让我先去实地看看再说。"杨统领一听顾二师傅肯帮忙，忙说："好，我马上陪你去。"

顾二师傅跟随杨统领，从港口到南湾新炮台，仔仔细细地察看了一番。

次日，顾二师傅领着十多个石匠带了工具，从港口到南湾新炮台，开山平地，准备先筑一条上山大道。杨统领率领六百名清兵赶来帮忙，石匠师傅开山打石，清兵们纷纷挑土平地，只花了两天时间，一条平坦的山道就修成了。

第三天，顾二师傅一早就来了。等到大家都到齐了，他就宣布正式开工。他们将事先备好的四段芥喇样（南洋进口的质地坚硬、耐磨的珍贵木材）分成左右两行铺在路上作轨道，随后又在上面安放了几段约莫五尺长的檀木作滚木。大铁炮被从海船上牵引上岸后，平放在滚木上，清兵们分成几个分队，用十多根粗索在前面用力拉，十几个石匠在后面用铁棍撬、杠棒推。大炮向前移过一截，轨道也就向前推进一步，像蚂蚁搬家一样，大伙硬是把三万多斤重的大家伙搬到了山上。

从此，顾石匠巧搬大铁炮的故事就在乍浦传开了，很快就传到了北京，又传进了皇宫。慈禧太后听说老家乍浦有个顾二师傅，把三万多斤重的大铁炮，从海里搬到了山上，这样大的本领，比自己的贴身侍卫还要了得！慈禧心想再添一个乍浦老乡来当她的侍卫，于是立即传下谕旨："宣浙江乍浦顾二师傅进京！"顾二师傅宁愿守在乍浦龙湫山下做石匠，说啥也不肯进京去做官。慈禧太后没办法，只好赏他个"军功五品"，御赐"水晶顶"一个。

此后，乍浦海防厅有什么大事，都要派绿呢大轿到石作里，请顾二师傅到海防厅"议事"。可是，顾二师傅却一直在龙湫山下石作里做他的石匠，总是借故谢绝，从未见他穿着朝服、挂上朝珠、头戴水晶顶官帽到海防厅去过。

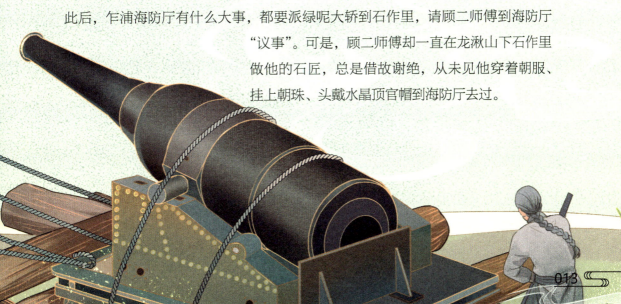

金鸡岭

　　九龙山的高公山以西、晕顶山以东，有一座逶迤绵延的山岭，俗称东常山。因为此山与周边的山相比，显得特别长，也有人称其为长岭。东常山还有一个好听的名字——金鸡岭。

　　东常山为什么又叫金鸡岭呢？

　　相传，很久很久以前，九龙山以北住着一对老夫妻，家里养了一群鸡，其中有一只大公鸡足有三尺多高，鸡冠血红，昂首挺胸，气宇轩昂，在鸡群中分外引人注目，大有"鹤立鸡群"的气势。大公鸡每天清晨准时啼叫，声音嘹亮悦耳，好几里外都能听到。大公鸡一身金毛，闪闪发光，人们都把它叫金鸡。

　　老夫妻无儿无女，整日与鸡为伴。有一年发大水，潮水一直涨到广陈，将九龙山以北一大片田地都淹没了。眼瞅着自家的

房子就要泡进水里，老夫妻急得不知所措。这时，金鸡示意老夫妻跟着它一路向高处奔逃。这一逃，就逃到了高公山西面的高坡上。到了高坡后，老夫妻安顿下来，在金鸡的陪伴下，又安稳地生活了很多年。

天长日久，老夫妻和金鸡一起化成了石头，变成了长长的山岭。由于此山是金鸡和老夫妻化石而成，所以被称为金鸡岭。

说来也怪，自从有了金鸡岭，九龙山内再无水患，年年旱涝保收，百姓安居乐业。

至今还偶尔听人说，每逢起雾的清晨，鸡冠火红、羽毛金黄的大公鸡就会出现在金鸡岭上啼鸣报晓，清脆洪亮的声音传得很远很远。

苦竹山与飞来峰

很久以前，乍浦城里来了个疯和尚，他身披旧袈裟，脚穿烂芒鞋，摇着一把破蒲扇。他一不进寺院诵经，二不上街坊化缘，整日东跑西颠，好像在找寻什么。

一天，他跟着一群上山观景的游客来到城南滨海的苦竹山上，摇着破蒲扇对着山下的龙泓洞指指点点地大声说："这是处藏匿妖怪的地方啊……"游人甲一听此话，忙对疯和尚说："别胡说，一会儿苦竹道人出洞了，你要吃亏的！"游人乙是一老汉，好像已经认出了这个疯和尚，惊呼："啊，他不就是杭州人称'活佛'的济癫和尚吗？"

正说时，山下龙泓洞中走出来一名道士，喝道："俺苦竹道人奉当今道君皇帝谕旨，在此设炉炼丹，岂容你疯和尚来此行脚乞讨，快快离开，到别的地方去！"

济癫和尚哈哈大笑说："九峰紫翠藏古迹，千年龙泓出鱼鳖。"

苦竹道人一听，这和尚话中有话，后一句分明是指桑骂槐，连忙抢白道："十座青山开世界，羁旅野僧难参禅。"这苦竹道人也是话中带刺，想把济癫和尚羞辱一下。

济癫和尚边听边笑，苦竹道人以为他无话可说认输了，便又有意问道："疯和尚，你来此游山玩水，可知这里到底有几座青山啊。""我已点过，当然是青峰九座，"济癫和尚边说边脱下破袈裟朝山上一抛，口中念道，"虚无缥缈，害人不浅，荒唐无稽，祸国殃民。苦竹道士，你莫要再炼什么仙丹啦，还是仔细把青山点上一遍吧，当心点错啦！"

苦竹道人心想，这乍浦有青山十座，谁人不知哪个不晓，还会有错！哪里晓得，人群中早已有人在高喊："奇怪，过去都是讲'十座青山'，今朝我已点数过多遍，果真只有'九峰'！"苦竹道人这时才感到眼前的和尚不一般。

只见济癫和尚哈哈大笑，口中唱道：

"立定脚跟，身后山头早飞去；

"佛法无边，要寻龙泓到灵隐。"

那件旧袈裟驾着五彩祥云，徐徐地向西南飞去。顷刻间，越飞越远，渐渐隐入雾海深处，不见了。

那苦竹道人也被大风卷到了海里，变成一只"弹涂"跳鱼。苦竹道人曾经炼丹的地方——苦竹山与龙泓洞也早已被济癫和尚的袈裟移到杭州去了。

与此同时，人们发觉在杭州灵隐寺前突然飞来一座小山峰，谁也无法说清楚它的来历，就把它叫作"飞来峰"了。据说杭州这么多山，却只有灵隐寺的飞来峰上有苦竹，其实它就是苦竹山啊。

劈开山与牛郎织女

天气晴朗能见度高时，站在乍浦镇外的九龙山上向海中望去，依稀可见一片岛屿。岛上的山似被刀劈过一般，那就是王盘山群岛，民间称之为劈开山。牛郎织女的故事就发生在劈开山一带，世代流传直到今天。

相传，牛郎出生于乍浦，家里原是大户人家，自幼父母双亡，只有兄弟俩相依为命。哥哥与牛郎一样，忠厚勤劳，十分善良，把家打理得井井有条。后来哥哥娶妻成家，嫂子非常刻薄，将牛郎赶出家门，一心想独吞家产。牛郎无奈，住进牛棚整日与牛为伴。后来，牛郎出了大名，他的真名实姓却渐渐无人知晓。牛郎十八岁那年，嫂子逼着哥哥分家。偌大的家产，牛郎只分到三亩薄地，一头老牛。从此牛郎守着老牛，苦度光阴。

牛郎二十岁时，家中忽然来了一位美女，自称织女，愿意帮助牛郎料理家务。两人情深意笃，结为恩爱夫妻，过上了男耕女织、自给自足的幸福生活。一年后，织女生下了一对龙凤胎，合家欢乐，日子越过越好。

几年后的一天，牛郎到牛棚喂草，只见老牛眼泪汪汪，突然开口道："牛郎牛郎，我已老矣，终将逝去，我死后，你将我的皮留下。"牛郎问老牛："为何要剥下你的皮？我于心不忍。"老牛说："留下牛皮以后必有用处。"老牛死后，牛郎十分伤心，按老牛意愿留下牛皮挂在墙壁上。

快乐的日子总是很短暂！有一天，牛郎耕完田回家，见织女泪流满面，问其原因，织女如实相告。原来织女是一个仙女，天上云彩都是她织的。她是玉皇大帝七个孙女中最小的一位，玉帝王母非常宠爱她。这天玉帝思念织女，命手下招来相见。手下四处寻找，到乍浦方见织女已偷偷成家生儿育女。玉帝得知后龙颜大怒，命王母娘娘前去将其带回天庭，织女不依。

玉帝无奈，只得另派天神下界捉拿织女。正当牛郎织女夫妻儿女难舍难分抱头痛哭之时，天神到了。只听"呼"的一声，金光一闪，天神已将织女提起，飞天而去。牛郎急忙用箩筐挑上一双儿女想追上去，怎奈凡人不能上天，只能眼睁睁看着爱妻渐渐消隐在九天云霄。就在这时，老牛皮从墙上飞下来，垫在牛郎脚下。霎时，牛郎腾空而起向织女飞去，眼看就要追上，这可急坏了玉帝，玉帝大喊："隔开他们！"王母娘娘拔下头上金簪，在牛郎织女中间一划，顿时划出一条银河，将牛郎织女分隔在一河两岸。玉帝将织女抓回天庭后，严加看守，把她关在织布房天天织布。织女思念儿女郎君，趁看守不注意时，偷偷前去相会。玉帝发现后大为震怒，命令天神将织女关在王盘山下。

几年以后，牛郎织女的儿子猛将已长大成人，他学遍名师，武艺高强，善使开山

大斧。猛将为了救母，来到王盘山，用力朝山猛劈一斧，劈出好几个大口子，此山成了劈开山。震飞的大石头成了上盘、下盘、堆草屿、无草屿。织女乘势冲了出来，一家人相聚吃了顿团圆饭。玉帝得知此事，又派天神抓回织女。猛将一看母亲被抓，带着巨斧冲上天庭，玉帝无奈，封曾外孙猛将为守卫南天门的巨灵神，让牛郎成了牵牛星。玉帝王母答应牛郎织女平时只能隔银河相望，每年七月初七可相会一次。

牛郎织女的爱情感动了喜鹊，每到农历七月初七，喜鹊从各地成群结队地飞聚银河，将各自的身体紧贴着搭起一座鹊桥，阻隔于银河两岸的牛郎织女便在这鹊桥之上相会。一个"鹊桥相会"的感人故事从此流传后世。

秦始皇与试剑石

杭州湾入海口的乍浦九龙山中，有一处颇有来历的景观——秦皇试剑石。

相传秦始皇一统天下之后，对长生不老梦寐以求。为了寻找长生药，他曾乘船环绕山东半岛流连了三个月。当地有个叫徐福的方士上疏说，东海中有蓬莱、方丈、瀛洲三座住着神仙的仙岛，陛下可差人前往寻求长生之药。秦始皇大喜，立即派遣徐福率领童男童女三千人，让他们乘着巨大的楼船入东海去寻神山、觅仙药。

据说当年徐福是从今天乍浦以东的王盘山一带出海的。他在海上漂游了好长时间，连仙山的影子也没看到，更别说长生不

老药了。徐福无法回去向始皇帝复命，干脆带着三千童男童女顺水漂流到了日本，一去而不复返。

后来，痴心不改的秦始皇为了继续寻求仙药，多次东巡到浙江的青龙山（今乍浦"九峰"）。他登上山巅，放眼远眺，只见东方是一派烟波浩渺的大海，水天白云，哪有什么蓬莱、方丈、瀛洲仙岛！秦始皇勃然大怒，一面怒骂徐福方术惑人，一面从腰间抽出佩剑，奋力一挥，砍向九峰中的一峰，只听"轰隆"一声巨响，顿时地动山摇，飞沙走石，峰顶随着一团彩云向东方飞去，化作东瀛第一峰。

从此这座没了峰顶的山，后人就叫它"晕顶山"，附近的一方岩石，后人就叫它"秦皇试剑石"。

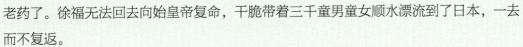

几番痴望杭州湾，一怒劈出晕顶山。
试剑岩石今犹在，秦皇宝剑已尘烟！

古往今来，多少文人墨客登临绵延起伏的九峰，背靠试剑石，面朝杭州湾，抚今追昔，文思泉涌，留下了多少动人的诗篇。

青龙山下水仙庙

　　杭州湾北岸的海港重镇乍浦东南靠海的地方有座青龙山，俗称九峰，自东向西，绵延起伏，活像一条游龙。就在青龙山龙头的山坡下，从前有座庙，名叫水仙庙，此庙所奉祀之神——水仙，相传是春秋时代的吴国大夫伍子胥。

　　伍子胥当年曾在附近的东江（即今卫国河）操练兵马，奠定了吴国强盛的基础。后来，伍子胥又辅佐吴王夫差争霸东南、称雄中原。在吴越之争中，越王勾践被迫受降为臣奴，伍子胥力谏夫差不要与越国议和，杀勾践，以绝后患，又劝夫差不要北上争霸，因而触怒吴王。吴王听信伯嚭谗言，赐"属镂剑"令伍子胥自杀。

　　伍子胥临死前，吩咐他的随从：等我死后，务必要挖出我的眼睛，挂在吴城东门，让我看到越兵入城灭吴！这话传到吴

王夫差耳中，夫差大怒。于是，在伍子胥自杀后，夫差派人把他的尸体裹入皮袋，抛入江中。水向东南流，尸体从东江流入大海，又随潮流漂到青龙山海滩上。正在海边捕捞鱼虾的渔民，发现海滩上冲来一只皮袋，打开一看，是一具已经腐烂了的尸体，经过仔细辨认，终于认出，他就是好多年前曾来教导过大家渔猎耕种的上大夫伍子胥！于是，渔民就将他埋葬在近海的一个小岛上，并在江边为他立庙奉祀，名"子胥殿"，又名水仙庙，或碧水殿。

乍浦山湾渔村的渔民，在出海前，总要先到水仙庙焚香燃烛，祭祀祝祷，请水仙保佑大家一帆风顺，四季丰收。此习俗相沿千年，水仙伍子胥已经成了当地渔村的保护神。

汤成禾怒触仙家石

乍浦镇汤山东山腰上有一块非常大的石头，叫仙家石。上山的人碰到落雨，就会到石头旁躲雨。说起这块大石头，还流传着一段神话呢。

很久很久以前，天妃宫炮台一带热闹非凡，各式各样的商贩都在这里设摊叫卖，仙家吕纯阳也在天妃宫附近摆摊卖汤团，虽然生意并不太好，他却并不在意。因为他只是想借卖汤团的由头慢慢物色能成仙之人，然后度他成仙。

有一天，吕纯阳看到一个名叫汤成禾的人正朝汤团摊走来，只见此人天庭饱满、红光满面，身上似乎有仙气，就有心度他成仙。就在汤成禾走近汤团摊时，吕纯阳突然拿出一张包粽子用的箬叶，往海里一抛，对汤成禾说："你识吾仙还是不识吾仙？识吾仙的话，就跳到这张箬叶上去；如不识吾仙，你就别跳。"汤成禾朝海里一看，只见箬叶在海中随着波浪起伏不停，心想：这么小的一张箬叶，我若跳上去，岂不是找死？任凭吕仙人百般鼓动，汤成禾就是不敢往这箬叶上跳。吕纯阳一看汤成禾死活不肯跳，就说："汤成禾啊汤成禾，你可能知道吾仙，却不认得吾仙，我是吕纯阳啊！"说完就朝箬叶上一跳。说也奇怪，吕纯阳一跳上箬叶，转眼间箬叶就变成了一艘龙船，吕纯阳稳稳地站立于船头，朝汤成禾无可奈何地笑笑，慢慢地朝远处漂走了。汤成禾一听是吕纯阳，又亲眼看到箬叶变成了龙船，就晓得吕纯阳是专门来度他成仙的。此时此刻汤成禾真是追悔莫及，不禁捶胸顿足：我真是笨死了，白白糟蹋了仙人点化啊！有什么不敢跳的，今日我若跳了，现在我不也跟吕纯阳一起乘龙船漂洋过海做仙家去了！

　　汤成禾越想越后悔，越想越痛心，越想越绝望，转身就朝旁边的汤山奔去。他一边跑，一边痛骂自己："我汤成禾有眼无珠啊，千载难逢的成仙机会竟让我生生给错过了，如今哪里还有脸面苟活世上，不如找块大石头碰死算了！"他边哭边骂，疯疯癫癫地跑到了汤山半山腰，看到路边横卧着一块巨石，就一头撞去……

　　汤成禾就此了却了自己的一生。

　　后来，人们把这块巨石称为"仙家石"。很可惜，这块石头现在没有了，被炸掉了。

枕头瓜传奇

　　"枕头瓜"是平湖西瓜的王牌，糖分足，甜如蜜，水分多，味道鲜，在市场上广受赞誉，还销往京沪，出口海外，是地地道道的平湖知名土特产。

　　说起"枕头瓜"，平湖民间流传着一个传奇的故事。

　　平湖乍浦镇西门外有一座小山，名叫瓦山，过去也叫狮子山。山脚下有个老人种了三亩西瓜，瓜藤爬满垄头，花却一朵也不见。"芒种勿开花，小暑勿见瓜"，直到交秋，一个瓜也不曾采着。第二年是"外甥打灯笼——照舅（旧）"。到第三年总算"功夫不负有心人"，三亩田里结了一个独瓜。只是，这个瓜都八月里了还没成熟，依然生瓜蛋子一个！

　　一天，狮子山下来了个江西客人，沿着三亩瓜田反复转悠，见了老人就问道："请问这片瓜田是啥人种的？"老人说："我种的。"客人说："我想买你田里的瓜，请开个价吧。"老人伸出一个手指头，意思是：三亩田里一个瓜，一块银圆摘走它。客人理解错了，连忙应道："好，就依你的，我出一千银圆……"老人摇了摇头，想解释，客人又误解啦，连忙加价："那就两千银圆……"老人有点发蒙，还没来得及再开口，客人怕老人嫌他开价太贱，早已伸出三个手指头："好吧，我加到这个数。"客人还给老人写了张预订西瓜的字据，并叮嘱道："老伯，这个瓜现在还没成熟，要在田里养过中秋，到时，我们一手交钱一手交货。"

转眼就到了八月十三，再过两天，三千块银圆就可以到手啦！不料就在这天半夜，守瓜的老人睡梦里听见瓜棚外有响声，以为来了偷瓜贼，赶紧奔出去，只见一条黑影，"唰"地一闪，飞快逃窜了。第二天夜里，老人早有戒备。半夜时一听见外面又有响动，赶忙拿着根棍棒追出去，只见两只比狸猫稍大的野兽，正在瓜田里翻来滚去，把那只独瓜当球拍打着玩。老人提起棍棒追了过去，两只野兽又逃得无影无踪了。

　　连续两夜被捣蛋的小畜生搅扰，老人早已困得两眼睁不开了，迷迷糊糊刚睡着，听见棚外好像又有响动，老人只好硬撑着起来，到瓜田里仔细查看了一遍，见宝贝西瓜还好好地长在瓜藤上才暂时放下心来。

　　再过一两个时辰，天一亮，就是八月半了，可不能再有什么闪失了。老人拿来把剪刀，索性将西瓜剪了下来，捧进瓜棚，压在自己头底下当"枕头"，高枕无忧地一觉睡到日上三竿才起床。

　　八月十六，江西客人如约背着三千块银圆来取瓜哩，他来到瓜田一看，那只西

瓜竟然不见了！忙问缘由，老人领着江西客人走进瓜棚，一指说："喏，西瓜在这里。""啊，滚圆的西瓜怎么变成了冬瓜样啦？"老人就将这几天夜里发生的怪异事情原原本本说了一遍。江西客人拍着自己的脑袋说："糟啦！那不是野兽，而是隐藏在狮子山中的一对神狮，三千年才'显圣'一次，你看到的是'神狮舞绣球'的场景，那时，西瓜正在吸纳八月半月华的精华，吸满后，就成了无价之宝。现在让你这样一弄，还差一夜就要炼成的宝瓜就此报销啦！"

几乎到手的横财飞了，老人倒也坦然无悔。次年，他依旧在狮子山下种西瓜，为了省下种子钱，他将做枕头的那只瓜的瓜子当瓜种。老天保佑，这一年，风调雨顺，到了六七月份，三亩田里结满了西瓜，个个生得像"枕头"，老人干脆叫它们"枕头瓜"。因为枕头瓜形似马铃薯，人们又叫它"马铃瓜"。

海篇

红楼别浦牛角尖

南湾炮台景区往西约一里，有一处向海中明显凸出的山体，海边有一堆礁石，当地人形象地称之为牛角尖，是一处船舶可随时停靠的非正式码头。因文学名著《红楼梦》由这里出海到日本，从而走向世界，所以这里也被称为《红楼梦》出海处。

1985年，日本红学家伊藤漱平到北京拜会中国红楼梦学会会长冯其庸教授，提出《红楼梦》流传到国外最早是经日本。他说："据有关文献记载，《红楼梦》传入日本的时间很早，简直早得出乎人们的意料，那是在宽政五年（1793），即乾隆五十八年冬，由'南京船'带到长崎来的。"

日本江户时代，商人村上家一直在长崎与乍浦之间从事贸易。其保存下来的旧文件《差出账》有这样一条记载：日本宽政五年（1793）11月23日，一艘大清南京商船，由浙江省乍浦港起航，于12月9日，抵达日本长崎港。在"寅贰番（号）南京船"栏下，有"船主王开泰，唐人捌拾人"字样。其装载货物清单中，有七十六种图书，内有"《红楼梦》九部十八套"。就目前所知，这是《红楼梦》传入日本的最早日期。

曹雪芹所著《红楼梦》印行后，长期被视为"诲淫诲盗"的禁书。乍浦海塘街正式码头需候潮作业，且管理较严，容易被查

扣。而牛角尖码头位置相对偏僻，船只不需候潮停靠，且人员进出少，是码头管理容易疏漏的盲点。专家考证后认为：王开泰的寅贰号需装运禁书《红楼梦》九部十八套，选择从牛角尖出海也就不足为奇。

为纪念曹雪芹的名著《红楼梦》从乍浦走向世界二百周年，1992年8月，平湖红楼梦学会发起的江、浙、沪地区《红楼梦》研讨会在平湖召开，会上做出了在乍浦牛角尖建造《红楼梦》出海纪念亭——海红亭的决议。经过精心设计，巧妙施工，海红亭于1993年10月圆满完工，同年11月23日举行了落成揭幕仪式。

海红亭坐落于牛角尖上。亭子整体为浅红色，双顶结构，态势雅朴壮观。时任中国红楼梦学会会长的冯其庸题写了亭名，并在正面石柱上撰写楹联："梦从此处飞去，渡碧海青天，散落大千世界；石自那边袖来，幻痴儿骏女，真情万劫不磨。"亭背面石柱上的楹联是"绛雪融融，青埂流芳别乍浦；炉烟袅袅，红楼寻梦到长崎"，由长篇小说《曹雪芹》的作者、著名红学家端木蕻良撰写。亭顶上方雕刻着三十余幅《红楼梦》的人物、花鸟及《红楼梦》出海船图画。曹雪芹像采用浮雕和镂空雕，整幅雕像情态逼真，栩栩如生。《红楼梦》出海纪念碑竖立于亭之中央，为著名书法家启功题写，背面镌刻着叙述《红楼梦》出海经过的铭文。碑之基部做成船形，是出海的象征。

海红亭正前方十数米处，两处摩崖濒海临水壁立，左侧的一处上刻"红楼别浦"四个大字，系冯其庸会长手笔。右侧的一处镌刻"碧海红楼"四个大字，系新加坡著名红学家周颖南先生所题。两处摩崖石刻白底红字，鲜艳夺目，遒劲有力，与半山之上的海红亭相呼应，形成"碧波万顷映红楼，胜似瑶台落沙洲"的山海亭壁的人文胜景。

乍浦海市蜃楼奇观

　　春夏之交，在乍浦观山、龙湫山等"九峰"之巅，面朝大海，看长虹鹊桥飞架南北，云谲波诡舟楫点点，不禁心旷神怡、思绪万千。如遇上"雷阵雨"，海上烟波浩渺、雾气氤氲，说不定还能有观赏"海市蜃楼"的眼福呢。

　　"海市蜃楼"，俗称"海昙"，它与"日月合璧"同属乍浦海上两大奇观。登龙湫，观奇景，早在明代以前就已蔚然成风。凡是有幸饱过眼福的人，无不叹为观止！

　　某年初夏的一天，一群"驴友"相约"乍浦一日游"。他们刚到乍浦，就见天空乌云密布，顷刻间，电闪雷鸣，雨点像爆豆似的下来了！这样的天气，"海昙"出现的可能性蛮大，说不定今天他们会有好运！午后，雨停了，天气转阴，他们一行沿着蜿蜒的山道，登上了海滨的观山，只见辽阔的大海，仍然是薄雾漫漫，显得异常氤氲。

　　"啊，山阳城众起来啦！大家快看啊。"在离他们不远的山坡上，有人惊奇地呼喊起来。这时他们才发觉附近的山头上尽是游客，大家循着呼叫人指示的目标望去，在远处雾气笼罩的海面上，影影绰绰呈现出一幅奇特的景象：那是一处街景，有飞檐翘角的钟楼，鳞次栉比的屋宇，熙来攘往的人群，有坐轿的、骑马的、挑担的，还有人牵着背负货物的骆驼……俨然是一座饱经沧桑的古城！有人在说："那边原是一望无际的浩瀚大海，怎么一下子会冒出来一座古城？"正在人们议论纷纷时，近旁有一位耄耋老人，主动地走过来为大家讲述古城的故事，他说："很早以前，这地方也是一片陆地，有一座商业繁华的市镇，叫山阳城，后来由于杭州湾北岸受到海潮侵蚀，山阳城就沉到海底去了。故有'沉掉山阳城，兴起乍浦城'的说法。"接着，他又补充说："山阳城氽起来，可是难得一见的稀奇事儿，我活了这么

大岁数，一生也没遇上几回呢……"正说着，海上刚才矗起来的那座城不见了，朦胧间，远处海面上又出现了另一番景象：只见烟雾蒙蒙中，有匹高头大马，上面坐着一位披着战袍的将军，将军领着一队人马，浩浩荡荡，由东向西而去。少顷，西边也过来一队兵马，两军对峙，各不相让，立即展开了一场鏖战……这一奇观，前后持续近三十分钟。

其实，这样的海上奇观，乍浦人并不陌生，上了点儿岁数的人谁还没见过几回呢。久而久之，每年春夏之交时节，远远近近的人们总喜欢跑到乍浦来，一伙一伙地爬上山去碰碰运气，运气爆棚的话或许有缘"穿越"到山阳古城呢。

清朝道光年间（1821—1850），乍浦人卢奕春对此有这样的记述：海上春夏之交，大雨刚过，海气氤氲，幻化为楼台、人物、车马等景象，俗呼"海昺"。他在《乍浦纪事诗》中写道：

黄盘云黑雨滂沱，蜃气氤氲卷白波。
莫怪楼台时隐先，世间变幻较他多。

所谓"蜃气氤氲"，是大气中由于光线的折射和全反射作用而形成的一种自然现象。密度不同的空气在特定的条件下，发生折射或全反射，有时会朦朦胧胧有山峰、船舶、楼台、亭阁、集市、庙宇等出现在远方的空中。这种现象大多发生在春末夏初，出现在沿海一带或大沙漠里。古人不明白产生这种景象的原因，对它做了不科学的解释，认为是海中蛟龙（即蜃）吐出的气结成的，因而将其叫作"海市蜃楼"，也叫蜃景。

舞青龙的来历

    舞龙是我国一种具有悠久历史的民间艺术和乡土文化，历经百世而不衰。早在四五千年前，中国的民俗活动中就有舞龙项目了，最初是作为祭祀祖先、祈求神灵赐福的一种仪式，后来逐渐演变成一种文娱活动。到了唐宋时代，舞龙已是逢年过节约定俗成的民间艺术表演形式。在浙江省乍浦沿海地区，民间把"舞龙"叫"调青龙"，也叫"舞青龙""调龙灯"。

    关于"舞青龙"的来历，在杭州湾北岸，民间有这样一段传说。

    很久以前，在乍浦青龙山南，有条浩渺的青龙江（后在唐宋元时沦陷入海）。一天，青龙江里的龙王得了腰痛病，疼痛难忍，龙宫中所有太医都为它诊疗过，试遍了各种奇方异术，可总是不见效！于是龟丞相就建议龙王到陆地上向凡间医生求医。龙王爷采纳了龟丞相的建议，摇身一变，变成一位老翁来到人间，找到一位远近闻名的郎中，请他为自己诊治。按惯例，郎中仔细地望闻问切了一遍。前三步倒也没看出什么特异之处，但当他一搭手为老翁切脉时，顿觉其脉象甚是奇异，于是问道："老先生，你应该不是凡人吧？"龙王看瞒不过去，只好说出实情。于是郎中让它显现原形，顿时，一条青龙出现在郎中的眼前。郎中一番查看后，发现在青龙腰间的鳞片中有一条蜈蚣在作祟，就将其捉出来除掉了。再施以拔毒、敷药等治疗，龙王的腰痛病很快就治好了。龙王拿来珍珠宝贝答谢郎中的治疗之恩，郎中却不肯接受，他说："这些东西是身外之物，我都不需要。我们这里地处沿海，最怕惊涛骇浪。一旦发生海啸，大片陆地被巨浪席卷，庄稼被淹，民房被毁，成千上万的农民、渔民和盐民被潮水吞没，葬身鱼腹，惨不忍睹啊！"龙王听了很同情，郎中接着说："有时久旱无雨，田地龟裂，庄稼枯死；有时则久雨不晴，积涝成灾，到处一片汪洋，颗粒无收！"龙王对郎中说："以后如果你们再遇上这种日子，只要按照我的模样扎一条青龙，敲锣打鼓，轮番舞耍，我就保你们一年四季风调雨顺，百里平川五谷丰登。"

    郎中为龙王治病的故事不胫而走，从此以后，乍浦沿海一带的百姓，每逢久旱或久雨成灾，便扎一条青龙，在十里八乡舞之蹈之，祈求龙王保佑。久而久之，"舞青龙，保平安"表演逐渐演变成新春和秋收后一项盛大的传统民俗文化活动。

妙手回春

马鲛鱼和马鲛城

　　乍浦一带，有一种古往今来一直深受沿岸渔民喜爱的海鲜美味，那就是马鲛鱼，也叫鲅鱼、马鲛鱼、燕鱼、尖头马加。

　　从很久以前起，马鲛鱼就一直是和黄鱼相提并论的海鲜，常常出现在历代众多文人墨客的诗词文赋中。清雍正年间，著名学者张云锦在一首诗里写道："四月冰船贩海鲜，马鲛石首并登筵。书生食性偏乖错，第一休教捣蒜拳。"名士陆增喜游四方，但无论走到哪里都对马鲛鱼念念不忘，写下了："楝花风细日长舒，石首来时乡梦如。听说松江鲈味美，不知可比马鲛鱼。"诗人在诗中提到的石首鱼俗名就是黄鱼。清代诗人朱彝尊在古诗《鸳鸯湖棹歌·移船只合鬶川居》中这样写道："移船只合鬶川居，酿就新浆雪不如。留客最怜乡味好，屠坟秋鸟马鲛鱼。"由此可见，马鲛鱼在诗人眼中，是乍浦众多海鲜产品中的美味佳肴。

马嘌鱼并非一年四季都有，据说只出现在端午节前后，面市时间很短，不过半月，要想一饱口福可得抓紧时机，不然错过今岁就只有等待来年了。好在马嘌鱼可以腊制，虽然鲜美指数难免下降，但总算聊胜于无，就如一首诗中所写："马嘌上市日初长，渔户纷纷集海塘。趁得潮来起三汛，家家烘腊最匆忙。"那时，人们把马嘌鱼烘干做成腊味以后，就能存放很久，供一年的食用，还可以寄给远方的亲人以慰其思乡之情。

　　也许有人要问，马嘌鱼的名字是怎么来的呢？

　　说起来，马嘌鱼是因产地而得名的。

　　相传春秋时吴越交战，吴军行进到越地一个无名小城，遭遇大饥荒，战败马惊，嘶鸣震天，于是人们就称该城为马嘌城。

　　这个历史非常久远的小城——马嘌城，后来陷于东海，早已不存。

　　渔民在马嘌城一带海域捕捞到这种鱼后，就将它取名为马嘌鱼。乍浦历史上非常久远的马嘌城和马嘌鱼的名字，就这样传到了今天。

白娘娘和法海的由来

一天，乍浦城里来了个白胡须老头儿，挑着一副汤团担，停在南大街的小石桥边，敲着竹梆喊道："吃汤团啰！大汤团，三个铜钱一个。小汤团，五个铜钱一个。"

过路的人都笑出声来："这老头真是老糊涂了，你听，把汤团价钱都喊颠倒啦！"

卖汤团老头却一本正经地讲："我没有喊错，讲出的价钱不会改，谁要吃抓紧来买。"大家看他锅里的汤团又白又大，就你一碗我一碗地争着买。

这时候，在距小桥南面二三十步的一座墙门里，出来一老一少，老的头发花白，有六十多岁，小的五六岁，是乍浦镇大木商陈家的老用人领着小官人出来玩耍了。小官人闻着桥上汤团香，吵着要吃汤团。老用人摸出五个铜钱，心想，就买一个小汤团吧。

小官人早已被小汤团的香味引得垂涎欲滴，张开嘴就吞下去了。说来也怪，那小汤团竟像活了似的，一碰着小嘴巴，就"咕嘟"滑进肚子里了。

小官人自从吃了这个小汤团后，就像得了仙气似的，肚子一直不饿，三天三夜不吃饭也不饿。老爷得知是吃了小汤团的缘故，就命老用人带着小官人去寻卖汤团的老头儿讨要个说法。

老用人领着小官人来到小石桥头，找到卖汤团的老头，一五一十地将事情原委说了一遍。卖汤团老头一听，不由捋着白胡须哈哈大笑，说："我这小汤团不是寻常之物，乃是太上老君八卦炉中的灵芝仙丹，看来你家小官人没有这份仙缘啊！"说罢，他用手掌在小官人背上轻轻拍了三下，喊了声"出来"，三天前囫囵吞下去的小汤团，竟原封不动地从小官人小嘴里吐了出来，咕噜噜地向桥下的小河里滚落。

说来也巧，就在此刻，小石桥底下有只癞蛤蟆，闭着眼正在养神。"噗"，小汤团正好落在它头上。说时迟那时快，它背后石头窟窿里突然窜出一条小白蛇，一口把小汤团接在嘴里，"咕嘟"一下咽进肚里去了。

　　五百年后，小白蛇和癞蛤蟆都修炼成精了。不过，小白蛇因为多吃了这颗小汤团，就多了五百年道行。小白蛇变成了一位白衣白裙的窈窕女郎，人们叫它"白娘娘"。而那只癞蛤蟆，苦修成精后，因为少了五百年道行，模样长得非常丑陋。它来到金山寺，将静坐在禅堂里正在潜心修行的法海和尚一口吞吃了，摇身一变，把自己变成了"法海"。就这样，因为一颗小汤团，法海和白娘娘结成了冤家对头。

　　再说乍浦陈家小官人，自从吃过小汤团后，虽然缺少仙缘，身体却一直很强健。长大后，继承父业，成了乍浦木业巨商，在贮木场上造了一座同仁堂，还把卖过汤团的小石桥，称作"汤珠桥"。

面杖港赵财神海上救货船

有一天下半夜，在乍浦外面的海上，一艘满载货物的帆船迷失了航向，海面上一片黢黑，辨不清东西南北，要是一不留神触到暗礁，就有葬身海底的危险！船老大正急得晕头转向、走投无路的时候，忽然前方海面上出现一点点亮光，越来越近。仔仔细细一望，是两只膨灯，有时远，有时近，隐隐约约看见一只膨灯上有个"赵"字，另一只膨灯上有"面杖港"三个字。"有救了！"船老大紧紧把握正舵，扯好帆，紧跟着前方的灯光航行。约莫航行了一个多时辰，咦，前面的两只膨灯怎么不见啦？又过了不多一会儿，天也渐渐亮了，海边上的山、树也看得清楚了。船老大就把船驶到山边，紧靠在一座岩石旁，放下了铁锚，将船固定后，上岸后翻过一座小山，看见有个小村，就走过去找人打听。那人告诉他，山那边有座乍浦城。

船老大穿过山湾，乍浦高大的城墙已在眼前。进城后，只见两旁店铺林立，人们熙来攘往，一派繁华景象。他走进一家茶楼，泡了一壶香茗，一边喝茶，一边向旁边茶座上的人们讲述了昨夜自己在海面上迷路，全靠两只膨灯引航救命的惊险故

事。讲好故事，他顺便打听"面杖港赵家"的府上在哪里，自己好前去登门谢恩。茶客们一个个脑袋摇得像拨浪鼓一般，没有一个人晓得面杖港在哪里。最后，终于有个茶客提供了一条线索，说："面杖港，好像是有这个地方，不过不在乍浦，而是在靠近平湖的东南面，离这里还有二十多里路程呢。"船老大听了很高兴，连说"谢谢"。

船老大准备了礼物，先寻到了平湖，然后问清去面杖港的路线。几经周折，终于找到了面杖港这地方。可是，问来问去，就是打听不出"赵家"在啥地方，都讲不晓得，这里从来没有姓赵的大户人家！这个时候，船老大已经走得两腿发麻，筋疲力尽，看见一座三节板桥边有座庙宇，就走进去歇脚。刚坐定，一抬头，见神龛前一只膨灯上有个"赵"字，再看另一个，那只膨灯上有"面杖港"三个字，一点不错。船老大连忙请出庙里香伙，一打听，才知这是一座财神庙，供奉的老爷名叫"赵玄坛"。

哈，终于寻着啦！船老大就把那天夜里自己在乍浦海面上迷失航向，全靠两只膨灯救了命的事讲了一遍，香伙听了，开始也不大相信，就走近停在一边的那只"神船"去瞧个究竟。这一瞧竟大吃一惊，神船的舵上还缠绕着只有在海里生长的新鲜薪草，显见神船近日出过海！

于是，船老大连忙拿出准备好的礼物，请香伙帮助搬上供台，点烛焚香，顶礼膜拜，感谢财神老爷的救命之恩！

"面杖港财神爷赵玄坛海上救货船"的故事一传开，来烧香的人就更多啦！

小白龙和叠娘石

每年春夏之交，总有那么一天，乍浦龙湫山顶上，云雾缭绕，雾海之中"叠娘石"若隐若现，山下的人都知道这是小白龙望娘来了。

说起小白龙，乍浦当地流传着这样一个故事。

很久很久以前，山阳城脚下住着一户人家，老夫妻俩只生得一个女儿，取名慧姑。阳春三月的一天，桃红柳绿，鸟语花香，慧姑约了村里的姐妹们上山踏青。攀岩石、钻花丛，玩得可高兴了。有个姑娘采来一些山花、柳枝，编了个花环戴在头上，可美了，像天上的仙女下凡！姑娘们你争我抢，都争着要戴。可是花环只有一个，怎么办呢？这时，一个瘦高个儿姑娘指着山上的石人说："我们玩'投环招亲'吧，谁能把花环套在石人头上，谁就戴花环做新娘，和'男人'拜堂成亲。"于是，姑娘们就一个接一个地将花环向石人抛去，可难哩，一个人也没抛中。最后，轮到慧姑了，真是芝麻落在针眼里，巧哩，花环正好套中石人。姑娘们就七手八脚地把花环从石人身上拿下来，戴在慧姑头上，前拉后拥地把她推到石人跟前，正要"交拜天地"时，从石人后面走出来一个白面书生。姑娘们先是吃了一惊，吓得面面相觑，接着就一阵风似的跑回村里去了。

当夜，慧姑回忆起白天山上的事，想着，想着……迷迷糊糊进入了梦乡。恍惚间，觉得有人走进房来，睁眼定神一看，正是白天在山上遇见的那个书生。

"你……你是谁？"慧姑正要喊叫，书生连忙摆手示意她不要声张。接着，那书生就自我介绍道："我乃东海龙王之子，被封在渤海，今日踏青路过贵地，承蒙姑娘见爱，真可谓'千里姻缘一线牵'，三生有幸了。"说毕，便向慧姑深深施一礼，羞得慧姑忙向一旁躲避。在一阵嘻嘻哈哈声中，村里的姐妹们一拥而入，不由分说将他们拉在一起，拜起天地来……

　　一晃，几个月过去了，慧姑自那夜与渤海龙君相会后，再也没有见过他面，不由得朝思夜想，神思恍惚，面容憔悴，身体也一天比一天消瘦，这可急坏了慧姑妈，便叫慧姑爹请来郎中。给慧姑诊脉后，那郎中回到前厅，拱着手说："恭喜老爷，愿令爱早生贵子！"慧姑爹一听，气得胡子一根根都翘了起来，喝道："休得胡言乱语，我女儿还待字闺中，你……你给我快滚！"那郎中一看苗头不对，暗暗吐了一下舌头，背起药箱走了。

　　慧姑爹怒气冲冲，三脚两步直奔内房，叫出女儿劈脸责问，要她从实讲来。慧姑吓得瑟瑟发抖，只顾低头哭泣，一句话也不讲。慧姑爹一怒之下，就叫人拿来剪刀、白绫，说："我家世代清白，你竟敢败我门风，还不与我死了干净！"慧姑妈赶来劝解，母女俩哭作一团。慧姑妈想来想去，还是让女儿到亲戚家去暂栖几天，待她爹怒气稍平后再做道理。慧姑就假意听从母亲的劝说，心想：我就是寻到天涯海角，也要找到龙君。天黑后，慧姑妈拣了几身替换衣服，拿了几封银子，将女儿送出了后门，挥泪而别。

　　慧姑高一脚、低一脚地向前艰难地走着。也不知赶了多少路程。忽见前面山岙中有一间茅屋，就上前叩门。不一会儿门开了，是一位满头银发的老婆婆，慧姑恳求道："大娘，天黑我迷路了，可否借宿一夜？"老婆婆说："只要你不嫌茅舍简陋，住下就是了。"第二天，慧姑见婆婆厚道，就认她为"干娘"，就此在这里住了下来。

　　老婆婆家的山那边，就是浩瀚的大海，慧姑每天都到海边上，望着茫茫的海浪出神，盼望得到一点龙君的消息。这一住就是几个月，到了十月临盆，慧姑生下了一个男孩。抱着这个没找到爹的孩子，慧姑又是欢喜，又是悲痛，想着孩子的身世，就给他取名"龙儿"。

光阴似箭，龙儿已长到七岁了，生得玲珑乖巧，聪慧过人。这时婆婆已经去世，母子俩相依为命，慧姑给人家缝缝补补，做做针线，生活过得非常清苦。一天，慧姑因劳累过度，病了，家里没什么吃的，龙儿瞒着娘出门去，不多时，蹦蹦跳跳回家来，篮里还放着两条活蹦乱跳的海鲈鱼。龙儿将它煮成鱼羹端到娘床前，龙儿娘看到眼前一碗热气腾腾的鱼羹就尝了一下，说："真鲜哪！"龙儿娘喝了鱼羹精神也有了，病也好了大半。龙儿高兴地说："娘，我明天再去捕鱼来给你吃！"娘说："龙儿呀，你年纪还小，到海里去捕鱼太危险，不要去。"可是，龙儿想，不捕鱼家里吃什么呢？他瞒着娘，在家里拿了几束棉纱线到海里捕鱼去了。后来，鱼越捕越多，自家吃不了那么多，龙儿就拿到集市上去换回一点米和日用品，家里的日子就勉强凑合着过下去了。

　　严冬的日子里，朔风怒号，大雪纷飞，慧姑爱怜儿子，说："龙儿啊，雪这么大，不要去捕鱼了。"龙儿还是瞒着娘下海去了。慧姑不见龙儿，不放心，就朝海边走去。翻过了山岙，只见前方有个孩子纵身跳进了大海，吓得她高声呼叫"龙儿"，"啊呀"一声，跌倒在山坡上。

　　龙儿捕鱼方法与众不同，他不用鱼钩，也不用扳罾，他用棉纱绞成的线，结成一张长长的网，用几根竹竿扦插在浅海的泥涂里，然后跳入海中，化成小白龙，推波助澜，将鱼虾赶进网底，等潮水退去，一网能拦到好几斤鱼虾哩，这种捕鱼的方法，至今还在这一带流传，人们叫它"撑关网"。

　　小白龙正在海中赶鱼虾，听到娘在山坡上呼唤，急忙跃出海面，慧姑早已晕倒在地上了。小白龙连叫了好几声，慧姑才慢慢苏醒过来，微睁双眼，说："儿啊，娘不行了。你爹如今还在海里，你……你找他去吧……"说到这里就咽气了！小白龙将娘的尸体驮到山顶上，挖了一个墓穴，将娘掩埋后，又找来两块巨大岩石，一上一下叠在墓上。如今大家都叫它"叠娘石"，也称"龙母冢"。小白龙哭得可伤心哩，落下来的眼泪汇成两眼清泉，人们就叫它"龙湫泉"。后来，人们把龙湫泉所在的这座山称作"龙湫山"。

　　小白龙将娘安葬完毕，驾起五彩祥云一步一回头，恋恋不舍地回头望了十八次后，就向浩瀚的大海飞腾而去。

孝娘鱼

很久很久以前，乍浦沿海有一户打鱼人家，父亲很早去世，留下孤儿寡母。母亲是个盲人，生活的重担全压在年幼的儿子身上。儿子对母亲十分孝顺，每天去海边"调海潭"，靠捉鱼奉养母亲。海潭，就是海涂上的坑，每次退潮以后，海潭里常留有鱼，把海水调干捉鱼称调海潭。小的海潭不一定有鱼，较大的海潭没有一天半日的工夫海水是调不干的，所以调海潭很累很辛苦，捉到的鱼也很有限。

有一次，儿子调海潭只捉到了一条鱼，拿回去打算烧给母亲吃。母亲想到儿子调海潭很辛苦，就说："儿啊，你每天调海潭很不容易，妈妈吃一条也太多，就只吃半条吧，留下半条放回海潭里，下一次再捉吧！"儿子一听，觉得娘的话好没道理。吃不完一整条，就把剩下的半条留下第二天再吃就是了，难不成放回海潭，那半条死鱼第二天还能活过来？儿子虽然心里犯嘀咕，还是听娘的话把余下的半条鱼放回了海潭中。

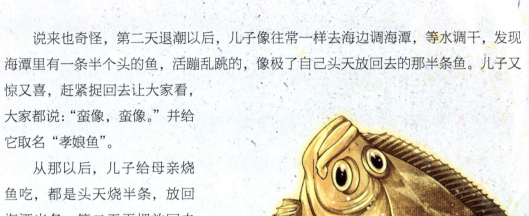

　　说来也奇怪，第二天退潮以后，儿子像往常一样去海边调海潭，等水调干，发现海潭里有一条半个头的鱼，活蹦乱跳的，像极了自己头天放回去的那半条鱼。儿子又惊又喜，赶紧捉回去让大家看，大家都说："蛮像，蛮像。"并给它取名"孝娘鱼"。

　　从那以后，儿子给母亲烧鱼吃，都是头天烧半条，放回海潭半条，第二天再把放回去的半条捉回来孝敬娘。久而久之，乍浦海里就有了这种只有半个头的孝娘鱼。

徐福东渡留痕杭州湾

中国民间有句老话："做了皇帝想登仙！"秦始皇就是这样。他征服六雄统一中国后，不仅希望秦朝的统治万世不灭，还妄想得到万岁之术，不断派人四处寻求长生不老的仙药。

公元前219年（秦始皇帝二十八年），秦始皇第二次出巡，大队人马在泰山封禅刻石之后，又浩浩荡荡前往渤海之滨。秦始皇登上芝罘岛，极目远眺，只见云海之间，山川人物时隐时现，蔚为壮观，令他心驰神往。这种景象，本来是海市蜃楼，但齐国方士徐福为迎合秦始皇企望长生的心理，将其说成传说中的海上仙境，并趁机给秦始皇上书，说海中有蓬莱、方丈、瀛洲三座仙岛，上有仙人居住，可以求得长生仙药。秦始皇大喜，依照徐福的要求，派童男、童女随徐福出海求取仙药。然而，不久，徐福却空手而归。他自称见到海神，海神以礼物太薄为由，拒绝给予仙药。秦始皇深信不疑，又增派三千名童男童女，以及技师工匠，带上谷物种子，令徐福率队再度出海。徐福一去经年，杳无音信。

其后几年中，秦始皇又派燕人卢生等入海寻求仙药，也是一无所获。公元前210年，秦始皇第五次出巡，来到琅琊。当年徐福入海寻找仙药，一晃已是九年，一直未有归报。始皇当即派人传召徐福。徐福连年航海，耗费巨大，担心遭到重责，就欺骗秦始皇："蓬莱仙山确实有仙药，出海时常遇大蛟鱼阻拦，所以不能到达。请派弓箭手一同前往，见到大蛟鱼用连弩射击。"这次，秦始皇亲率弓箭手到海上与大蛟鱼搏斗，杀了条大蛟鱼，兴冲冲地回去了，心想这下子可好了，徐福终于可以拿到仙药了。

但是，他还是没有等到仙药，在返回咸阳的路上，就病死在了沙丘。

与此同时，徐福趁机筹集五谷、百工、弓箭手及三千名童男童女，从乍浦一带再次扬帆东渡，再也没有返回陆地，而是长居在他寻求仙药的人间仙境——蓬莱仙岛，直到终老。

那么，徐福等人访仙求药最后去了哪儿？这"蓬莱仙岛"又在何方呢？

据考，当年徐福一行从今杭州湾北岸乍浦一带浮海东渡扶桑（日本），登上大和熊野蓬莱山（今日本新宫市），三千名童男童女从此就在扶桑生息、繁衍，将进步的秦文化，即种植、制陶、养蚕、纺织、建筑等技艺传到了日本，从而促进了日本古代文化的发展，使日本社会走上文明之路。

于右任品味屑鱼汤

乍浦地处杭州湾北岸，海产丰富，海鲜品种繁多。其中有一种"屑鱼"，浑身纯白，新鲜的几乎是里外透明，遍体软肉纤膏，看起来好像悬垂欲落的鼻涕一样。因为既鲜美又便宜，特别受当地老百姓喜欢，烧汤、红烧、椒盐，怎么做都好吃，堪称"平民海鲜"。

乍浦本地居民做屑鱼最简单的方法，就是烧屑鱼汤，刚烧好的屑鱼汤色、香、味俱全，异常鲜美。做屑鱼汤时一般会把屑鱼切成小段，准备好葱、姜、辣椒等配料，把锅烧热，下油放鱼炒一下，然后往锅里倒清水、调料，再放少许熟猪油保持汤色，大火烧五六分钟就可以起锅了。

屑鱼的吃法也是多种多样，并不仅限于做汤。最常见的一种吃法，就是把鱼放在一排牙齿前面，然后嘴巴轻轻一吸，这样所有的鱼肉就会顺着牙齿的缝隙流进嘴里，相当过瘾。鱼肉像豆腐脑一样柔软，入口即化，可一吸而尽。

民国二十二年（1933）5月，国民党中央监察院院长、书法家于右任（1879—1964）从上海来到乍浦访友。朋友在乍浦黄山风景区一家海味馆为他接风洗尘，点了满满一桌各种乍浦特色海鲜，自然落不下"屑鱼汤"。朋友给于老舀了一碗"屑鱼汤"，请他试品。于右任一尝，发现这屏鱼柔软无骨，无须咀嚼，其味鲜美无比，很是喜爱，不禁倾碗而尽。然后掀髯笑曰："美哉，美哉！再来一碗。"并赞声连连："可与苏州木渎'石家饭店'之'鲃肺汤'媲美！"

于右任是国民党元老，也是一位美食家，走过好多地方，吃遍山珍海味，屏鱼汤得到他的赞美，从此就出了名。

浙西著名词人、乍浦西大街的许白凤先生曾作《纪事诗》一首，诗云：

"鱼羹举筷一欢呼，满引于髯酒几壶。

"比似石家鲃肺美，不知也有好诗无？"

当年于右任品尝屏鱼汤所在的菜馆早就不在了，但是这道鲜美的屏鱼汤，却成为深受当地人喜爱的一道家常菜，在乍浦大小酒筵上更是必备的佳肴，还以"乍浦屏鱼羹"的名头被列入《中国名肴》食谱呢。

月饼底下小方纸的由来

大家吃月饼时有没有注意到，每块月饼底下都垫着一片小方纸。其实，很久以前，月饼底下是没有垫小方纸的。说起小方纸的由来，还有一段故事呢。

元朝末年，颍州刘福通及全国各地老百姓纷纷揭竿起义，闹得元廷心神不宁，坐卧不安。为了巩固统治，他们一面派兵镇压起义军，一面派蒙古人到各家各户进行严格监控，以防老百姓造反。

住在户上的"家鞑子"把每家的刀具等铁器全部收去，只许每三户人家合用一把菜刀，弄得老百姓有苦难言。"家鞑子"驻扎在老百姓家里，比老百姓自家的老祖宗还要尊贵，好东西得优先满足他吃他用，而他稍不顺心，不是打就是骂，甚至把你处死你都无处申冤。平日里"家鞑子"横行乡里，欺压百姓，烧杀淫掠，无恶不作，还常常抓青壮年去为他们做苦役。老百姓苦不堪言，对他们恨之入骨，总想找机会把他们斩尽杀绝，以解心头之恨。

机会终于来了，八月半是我国传统节日，家家户户杀鱼杀鸡庆团圆，元朝政府允许这一天每家可持有菜刀。于是大家暗暗串联商量好，决定就在八月十五这天晚上杀"家鞑子"。

他们将写着"今夜子时杀死你家的鞑子兵"的小方纸垫在月饼下面，以分送月饼的方式传递给家家户户。为防"家鞑子"起疑心，八月半这天晚上，家家都大鱼大肉款待"家鞑子"，让"家鞑子"吃得酩酊大醉，呼呼大睡，时辰一到，一齐动手。大家举起菜刀，没等"家鞑子"反应过来，一个个都人头落地见了阎王。

从此以后，老百姓每年八月半做油酥月饼的时候，都在下面垫一张小方纸，以纪念他们齐心除暴的英勇行为。

朱馀献盐

相传几千年前，先民是吃淡食的，不知道用调味品。第一个发现食盐的是"沛国朱氏"的远祖馀公。

当年，今杭州湾口到王盘山以北一带是一片广袤沃野，古越族的先民在这里生息繁衍。一天，有个名"馀"的青年，从海滩边走过，看到岩石上停歇着一只大鸟，披着五彩缤纷的羽毛，发出悠扬悦耳的鸣叫声。有位老人告诉他："这是百鸟之王凤凰，栖落之地一定藏有稀世珍宝！"按照老人的指点，馀就寻找起来，还真在岩石下的沙滩上找到一块精美光滑、色彩斑斓的宝石。馀不敢私藏，怕犯杀头之罪，赶紧捧着宝石去献给黄帝。黄帝一看，不过是块普通的彩石，就将他赶了出去。过了些日子，那只凤凰又飞来啦，还是停在老地方，馀晓得这里一定藏有宝贝，就又找寻起来。可沙滩上除了泥沙和卵石，啥也没有，他转身正要回家，突然一道五颜六色、光彩夺目的豪光从东边海滩上照射过来。"哈，我寻着宝贝啦！"馀高兴得跳跃起来。他连忙解开腰间的裮身布襕，从耀眼的海滩上挖了一块涂泥包好，又到黄帝那儿去献宝。真不巧，黄帝带领一队卫士狩猎去啦，门官就收下布包，顺手悬挂在宫殿梁柱上。那个时候，黎民百姓过的还是穴居生活，黄帝的宫殿也只有现今北方蒙古包那么大。宫殿梁上挂满了从全国各地献上来的奇珍异宝。日子一久，门官早已把它忘在脑后了，自然也不曾向黄帝禀告。

一天，黄帝设宴招待文武百官，君臣一起品尝着山珍海味。

"咦，这块烤肉真好吃，味道同以前大不一样，是何缘故？"黄帝看着盘子里的鹿肉，正在疑惑不解，"嘀嗒"，一滴水正好落在烤肉盘里。黄帝抬头一看，是从梁上的一个布包中滴下来的，就命人将布包取下来，打开一看，是一包黏糊糊的涂泥，正在淌水哩。黄帝随手揪下一块丢在清水杯里，待其沉淀后用手指头蘸一下，放到舌尖上一舔："嚯，好鲜哪！"这时黄帝才晓得烤鹿肉的鲜味是从这宝贝来的。忙问在座的众位文武大臣："这宝贝叫啥名字？"大家围拢仔细看了半天，都摇头说："从没见过，不知道是什么。"那个时代，天底下有物无名的东西多着哩。黄帝说："那就为它起个名字吧。"文武百官们聚在一起，反反复复琢磨了半天，就采用"依类象形"的方法造了个"鹽"（即"盐"）字，上半部分形状是"悬挂的滴水涂泥"，下半部分是盛物的器皿。字造出来了，读什么音呢？因为献宝的人叫"馀"，黄帝说："好，那就读'馀'音吧！"后来，'馀'音渐渐从越语吴音衍化成今天的"盐"的读音，字形也从"鹽"衍化成现在的"盐"字。

相传远古时候的盐，有朱、黄、蓝、黑、白五种颜色，黄帝就按"公、侯、伯、子、男"五个不同阶层分给人们食用。

　　人们自从吃上了盐以后，更加身强力壮，勇猛非凡。黄帝率领他的部族一举打败了蚩尤。盐的作用也就更加引起了大家的重视，它的价值已经超越了当时天下公认的宝物——璧玉。黄帝就将最上等的"朱盐"赐给馀为姓，让朱馀成了贵族，将朱馀的家乡封为圣地——玉盘。封朱馀为统领这片盐场的第一任盐官。

　　汉元狩二年（前121），玉盘这片号称"天下第一"的广阔盐场沉到大海底下，变成"玉盘洋"（又名王盘洋或黄盘洋）啦！

　　人们将这里的海水，或盛在铁盘里以烈火煎煮，或装在木盘中让烈日暴晒，结果海水就变成白花花的食盐啦！

城篇

陆绩怀橘

在乍浦镇西门，有一条小路曾经叫怀橘弄，又叫怀橘里。怀橘里有一座简朴的老宅子，据《乍浦志》记载，东汉时期陆绩离任后定居乍浦，这老宅子就是陆绩的故居。老宅子原名西庵，人们为了纪念陆绩，在陆绩去世后，就把老宅子改为怀橘庵。如今，怀橘庵已列为平湖市级文物保护单位。

陆绩，东汉人，生于公元187年，逝于公元219年。

陆绩成年后，备受东吴重用。最开始被东吴王郎任命为功曹，负责管理治安。陆绩为官勤勉，清正廉洁。经过陆绩大力整顿，社会风气逐渐好转。东吴皇帝孙权更加重用陆绩，命陆绩南征，官至郁林太守加偏将军，领兵两千人，开始执掌大权。陆绩常年征战，浑身是伤，脚伤尤其严重，行动十分不便，决定卸任退隐。

陆绩从郁林太守任上归来以后，在东海之滨的乍浦隐居著述。他学识渊博，星历算数，无不精通，著有《陆氏易解》《太玄经注》《浑天图》等。尤其《浑天图》是一部很有名的天文学著作。可惜这位杰出的天文学家一生只度过了三十二个春秋，于汉献帝建安二十四年（219）因病去世。

关于陆绩，还有个"陆绩怀橘"的故事。

陆绩六岁时，父亲陆康带他去江西九江太守袁术家做客。主人拿了些橘子给客人们吃，陆绩非常有礼貌地说了声："谢谢伯父大人！"就和其他的小伙伴们玩耍去了。傍晚，父亲陆康和陆绩要告别返回了。小陆绩连忙双膝跪地，叩禀道："伯父在上，侄儿要回家了。"袁术正想夸赞他几句，叩头的时候，陆绩怀兜里却"扑扑扑"滚出三只大蜜橘来。袁术大笑道："小陆郎，你吃了不够，还要拿呀？"陆绩回答说没见过这么好的蜜橘，舍不得吃。袁术问他为何舍不得吃，陆绩说要拿回家给母亲尝尝。袁

术听了大为惊讶，心想一个六岁小孩便懂得严格要求自己，孝敬长辈，实在难能可贵。袁术感叹道："小陆郎有这样的品德，来日必将成为栋梁之材！"

后来，"陆绩怀橘"的故事被收入《二十四孝》一书，陆绩的故事就这样流传了下来。

戴墓墩的传说

乍浦西门外朝北三里地，有一个高高的土墩叫戴墓墩，这里流传着一个发生在两千多年前的故事。

春秋战国时期，这一带本是越国领地，后来越王被楚宣王打败，这一带就沦为楚国戴将军的封地了。

戴将军是个恶霸。方圆百里的黎民百姓都成了他的奴隶，种出来的五谷要上交给他，打来的野味要让他吃，哪个人家娶新媳妇，也要用花轿抬到庄园里，先让这个恶霸"当新郎"。多少年来，不知有多少姑娘被他侮辱，老百姓怨声载道。

一年春天，东村有个叫阿祥的青年要娶新娘子了，大伙都替他担心。眼看好日子就要到了，怎么办？阿祥拿了一根木棒，要同戴恶霸拼命。村里人赶紧拦住他，说："人家官高势大，你一个人怎么拼得过，白白去送死！"

这时候，旁边正在搓草绳的老人慢悠悠地讲："阿祥啊，你一个人好比一根稻草，轻轻一拉就断。"又拿起一根搓好的草绳，说："如果合在一起就有力量了。"大家听了觉得有道理，讲："老爷爷讲得对，走，我们一齐去同伊见个高低。""慢！"老爷爷拦住又讲："就凭你们十几个人是行不通的，得想想办法。"阿祥问："老爷爷，有啥办法？"老爷爷讲："办法大家想，团结起来，用智斗。"经过一番商量，大家终于想出了一条妙计。

到了阿祥讨娘子这天，按照老规矩，在傍晚把花轿抬到了戴府。戴恶霸掀开新娘子的红绸布盖头一看，果然漂亮得不得了，说："我要同美人喝几杯！"立马吩咐底下奴才备酒菜。新娘子拿起酒杯，满满倒了一杯，送到老恶霸嘴边。老恶霸一饮而尽。新娘子连忙又倒了一杯。就这样，一杯接一杯，灌得老恶霸烂醉如泥。新娘子吹灭了灯，出了屋子，走出大门。

阿祥与几个弟兄早已悄悄埋伏在庄园门外，看见庄园内灯火灭了，新娘子安全走了出来。阿祥一面让人带新娘子迅速离开，一面吩咐在庄园点火，放出信号。不一会儿，恶霸庄园外围起黑压压的人群，他们都带着挖泥挑土的工具，潮水一样向戴贼庄园涌来，挖的挖，挑的挑，埋的埋。不一会儿，庄园连同恶霸就被掩埋了，变成了一座泥土堆积的墓墩。

后来，乍浦当地人就把这个掩埋着戴恶霸的土墩叫作戴墓墩。

牡丹之王「玉楼春」

乍浦镇西大街64号的庭院里，有一株栽种了一百多年的古本牡丹。据植物专家研究考证，这一株牡丹叫"玉楼春"，被乍浦人叫作牡丹之王。

这个庭院的主人姓吴。据吴家人讲，这株"玉楼春"牡丹颇有来历。先前，新埭镇方溪有一位隐士叫毛广，"玉楼春"牡丹就是毛广亲手种植的。

毛广，是明朝成化年间甲辰科（1484年，明成化二十年）进士。最初的时候，毛广担任湖广副使，后来升任刑部主事。毛广为人正直，因得罪了权贵，被诬陷下狱。到明武宗（朱厚照）时才获昭雪，赐宅第宪台坊。宪台坊，就是今天的新埭镇杨庄浜村毛家浜。

明武宗赏赐毛广宅第时，同时赏赐了"玉楼春"牡丹一株。毛广将"玉楼春"牡丹从北京极乐寺移至新埭故里，栽植在毛府后花园内，迄今已有五百多年历史。

如今，毛氏宅第早已荡然无存。"玉楼春"也因三十年前毛氏后裔管理不善，遭遇虫害侵蚀，枯烂而死。

庆幸的是牡丹之王"玉楼春"并没有消失。大约一百多年前，乍浦人吴阿华因偶然的机会从新埭镇毛家得到了一枝"玉楼春"分株，将其带回乍浦，栽植在乍浦西大街64号，避免了"玉楼春"的灭绝。

一百多年前，乍浦有个青年弹絮匠，名叫吴阿华（1878—1939），他平日走村串户，以弹棉花为业。一次，他来到了新埭，为毛家弹制棉絮。毛家是大户人家，棉被、棉袍、棉衣裤，人多量大，吴阿华足足弹了一个多月。因弹工讲究，手艺出众，吴阿华深受主人毛坤元的赞誉。毛坤元发现吴阿华非常喜爱牡丹，就分了一株"玉楼春"幼苗相赠。

吴阿华回到乍浦家中，将"玉楼春"幼苗种植在自家院里。一百多年过去，已经传到第五代了。1977年10月，平湖市人民政府将"玉楼春"列为"名贵古花木"，予以重点保护。

山阳城与乍浦城

在杭州湾北岸的九龙山麓有座乍浦城。大约一千六百多年前，这里还是一片田园，在它的南面却另有一座海盐城，当地人叫它山阳。后来，山阳城在一次海啸中突然沉掉了，才出现了现在的乍浦城。因此，这里有"沉掉山阳城，余起乍浦城"的传说。

山阳城原本是个街衢纵横、商贾林立的繁华地方。后来，城里出了几个坏得出奇的人，专门兴风作浪，寻衅闹事，把好端端的山阳城闹得乌烟瘴气、鸡犬不宁，连元宵佳节也被搞得举灯不繁、香火不盛。全城的百姓个个切齿痛恨，就连山阳城里的土地公公也非常恼火，跑到玉皇大帝那里奏了一本，要求惩治那几个为非作歹的恶棍。

因为土地公公识字不多，又加上老糊涂，没写清楚恶霸是谁，玉皇大帝看了奏本，以为山阳城的人都很坏，大发雷霆，决定七天内毁灭山阳城。

谕旨下来后，可急坏了土地公公，

待要上天声明已经来不及了。城里还有数千百姓，不能让他们坐以待毙。

再说山阳城，有户人家住着母子二人，为人勤劳朴实。一天，儿子上街买油，卖油的老公公多给了他一些。回家后，发觉油给多了，妈妈让儿子去归还。其实，那个白发卖油翁就是土地公公的化身，他对小孩儿的品德非常感动，就悄悄对小孩儿说："好孩子，我告诉你一件事，要大难临头了，你要是看到大庙门前的那对石狮子眼睛里出血，你就赶紧背着你妈妈往西北方向逃命吧，切记切记！"说罢，一晃不见了。

小孩儿将信将疑，回家把这件事告诉了妈妈，妈妈说："你留心就是了。"一连几天，小孩儿每天都到大庙门前去看石狮子。一天，有个杀猪的屠夫好奇地拉住孩子问："你天天早上来这儿看什么名堂？"小孩儿不肯说，屠夫就不让他走，没办法，小孩儿只好把事情的经过告诉了屠夫。屠夫听完后心想，哪会有这样的事，就摇晃着脑袋走了。

次日清晨，屠夫来到大庙前，将沾满鲜猪血的双手，往石狮子的两只眼睛里一抹，想：这下子看你怎么办。

过了一会儿，小孩儿又如期来了，一看，不得了啦，石狮子眼睛里真的"出血"了！就飞快地往回跑，一边跑一边喊："山阳城要沉啦，山阳城要沉啦，快逃命啊！"

街上的行人听了小孩儿的呼喊声，就拉住他问："小孩儿，你喊啥呀？"小孩儿便把事情经过讲了一遍。街上的人们听了小孩儿的话，一下子就传开了，纷纷跑到石狮子前去看，石狮子眼睛里真的有血。于是大家就跟着逃命。

小孩儿背着娘往西北方向猛跑。跑呀，跑呀，跑到了九峰山山脚下时，再也跑不动了。大家也跟着小孩儿在山脚边的一块空地上停了下来。说来也稀奇，海水涨到这里就停下了，人们得救了。只有那帮坏人不相信小孩子的话，早已沉入海底，葬身鱼腹了。

从山阳城里逃出来的百姓，就在这座山的山脚下定居下来。很多年过去了，海边就出现了乍浦城。

野猫墩的传说

清朝时期，乍浦城西有一块荒无人烟的地方，东面是举祥门，西面是肖严弄，北面是满洲坟，这块地方非常荒凉，地面高低不平，都是小丘，杂草树木多，坟墩多，长满茅草、干枯柴等，野猫、野兔等到处奔跑，人称"野猫墩"。其中有一个很大的土墩，土墩上面有一棵大柏树，三个人都抱不拢，树杈向外张开，很粗，一般人很容易爬上去。这棵柏树树洞非常多，引来野猫、野狗、野兔等小动物都跑到树洞里做窝。土墩下面还有一个大洞，洞内有十来平方米，洞内四周与地面都用一块块石砖铺成，砖面上有纹路，洞口圆，里面窄。洞口有一扇青石门，青石门高一米，宽六十厘米，门边还有一颗青石球，人能够进出洞内。

　　这棵柏树有一个故事。据说当时平湖有一户富人家，到乍浦来祭母，祭母完毕后，把酒壶忘记拿回家了。回到平湖后，从家中的露天水缸内看出来，酒壶挂在乍浦祭母处的柏树上。认为风水在乍浦，那是一块风水宝地，一定会使人丁兴旺。

　　后来，余姚人逃荒到乍浦，因为这里野货多，可以捉来吃，就纷纷在这里安家落户。由于这里地皮荒凉、干燥、高低不平，不好种水稻，只能种一些番薯来充饥。当时有一句顺口溜："西门外头野猫墩，吃了早顿无夜顿。"城门外有一个水师营，为了混口饭吃，余姚人中男丁就都去当兵，他们打仗非常勇猛，据说都是这棵柏树带来的风水。后来，陆续有崇明人、江阴人也搬到这里来居住，人越来越多。如果有外人来入侵，他们团结一致，齐心协力，守住这块宝地。当时也流传着这样一段唱："四打三家村，攻打野猫墩，野猫墩带把大刀三百斤，杀它那埭上人。""野猫墩"就这样出了名。

杜瓜的来历

　　杭州湾畔有座古城叫乍浦。乍浦东门外有座绵延起伏的龙湫山，山脚有座道观，叫青龙观。

　　有一天，青龙观里新来一个小道士，俗名杜小弟。这年刚满十一岁。师父命他先到厨灶间去帮师兄们打杂。杜小弟每日在天亮前，翻山越岭到乍浦城里的豆腐坊去挑水豆腐做道场用。

　　这一天，杜小弟走过西山嘴保安城时，碰着个拖条小辫子、穿着红肚兜的小女孩，拦在山径上，要杜小弟同她一起玩耍。此后很久一段时间，天天如此。有一次玩得投入，时间很晚了，杜小弟才赶紧挑了两桶水豆腐回青龙观。

　　等杜小弟回到观里，已经耽误了师父和师兄们做道场。师父责骂杜小弟偷懒误时，拿起家法要惩罚他，杜小弟忙喊："冤枉！"师父问他："你不是偷懒，为啥误时？"杜小弟便将红肚兜小女孩拦住他，要他陪同一道玩耍的事，原原本本讲了出来。师父追问："在啥地方玩耍？"杜小弟依实回说："在西山嘴保安城边上。"师父晓得这地方是海防士兵御敌的卫城，不会有人家居住，根本不相信，说杜小弟在说谎，一定要惩治他。杜小弟急得赌神发咒，绝无半句谎话。师父拿来一条红丝线，说："既然如此，明天你去设法把这条红丝线系在红肚兜小女孩的辫梢上。"

　　第二日，杜小弟同往日一样来到保安城，红肚兜小女孩早已站在城墙边等他。杜小弟在同红肚兜小女孩玩耍时，趁她不备，拿出红丝线系在她的小辫子上。

　　杜小弟回到青龙观，赶紧禀告了师父。老道士拿了山锹来到保安城西城墙下，沿城脚追踪寻去，在城西北的一处草丛里终于找到了这根红丝线，于是，就轻轻地深挖下去，不消一会儿工夫，挖到了一具系着红丝线的"小囝"。"小囝"的另一头拉着一根藤蔓，沿着树干向上延伸，藤蔓上面挂着许多形似柑橘的果子。

老道士将黄澄澄的果子采摘了几个拿回青龙观，交给道济法师。他们对果子的皮、根茎和籽，反复品味、试验，果然，果子的皮、肉、籽和块根，样样都是宝，有化痰、止咳、润肺、降火、散结、通便等奇妙功效，是道地的保健药材。此后，这事就慢慢传到民间。从此，乍浦青龙山附近几十里的乡村都争相引种栽植。后来人们为纪念小道士杜小弟，便将这无名野果取名"杜瓜"，这就是杜瓜的来历。

凤凰桥的来历

一个秋天的早晨，乍浦城东门附近，天空中突然飞来一群五颜六色的鸟儿，在乍浦城水师营上空盘旋飞舞，发出各种不同的鸣叫声，引来众人争相观赏。

这时，一位须发齐白的老人说："这叫百鸟朝凤。"

人们更加有了兴趣，问："哪只是凤凰？"

老人说："还没来，因为时辰未到。"

过了许久，从校场河西的水师营房内传来了新生婴儿的啼哭声。老翁捋着银须笑吟吟地说："嘻，凤凰落地啦！"

原来，叶赫校官的夫人生了个白白胖胖的女儿。这时产房里一股幽香扑鼻而来，叶赫校官环顾四周，发现妆台上一盆兰花正含英初放。这真是喜上加喜了！

叶赫校官非常高兴，对夫人说："咱们的女儿就叫兰儿，你说行吗？"叶赫夫人点点头，说："行。"

这一天，正是道光十五年十月初十（1835年11月29日）。兰儿，就是后来在同治、光绪两朝垂帘听政四十八年的慈禧太后。

兰儿一周岁时，叶赫校官在水师营房北面的齐景公庙设宴，按乍浦民间习俗为兰儿做"挪周"。宴会完毕后，叶赫校官把剩余下来的丰厚礼金，托付齐景公庙的老道士，把庙旁坍塌的石桥重新翻新。叶赫校官盼望兰儿长命百岁，石桥修好以后，将石桥改名为长生桥。

自此以后，人们都说慈禧是天上的凤凰转世。乍浦的乡亲们为了留下这美好的传说，便把慈禧的诞生地乍浦水师营叫作凤凰墩，把重建的长生桥叫作"凤凰桥"。

铜雀春深锁二乔

古本山茶「倚阑娇」

乍浦镇半爿街79号王家庭园里栽有一棵复色重瓣山茶，约有五米高的树上，密密匝匝开满了色彩绚丽的花朵。据说，这棵山茶是1890年出生的王家先祖王寅生所栽植，如今已经有一百多年历史了。

当年，王寅生在上海小东门十六铺经商。一天他经过南京路先施公司，临街的玻璃大橱内，摆满了五彩缤纷、千姿百态的山茶花，原来，这里正在举办一年一度的精品山茶花展览。来自全国各地的每一盆山茶花都标明名称、产地、售价。王寅生看到内中一盆复色山茶，标签上写着名称"铜雀春深锁二乔"，产地浙江平湖新仓。

家乡的人最亲，家乡的花更爱。虽然昂贵一点，他还是毫不犹豫把它买了下来。带回乍浦，种在庭园里。

据说，此山茶品种原本出自平湖新仓镇北芦沥荡里"一颗印"沈家。明朝时，沈氏庭园里，有一红一白两棵山茶隔墙而栽。年长日久，有一年突然开出了红白相交的茶花，且各有特色。一种为淡粉底，花瓣上洒有红条红斑。另一种是纯白底，花瓣上也洒有红条红斑。沈氏远祖就取唐朝诗人杜牧《赤壁》诗"铜雀春深锁二乔"句，给茶花定名为铜雀春深，又将淡粉底定名大乔，纯白底定名小乔。因沈家住宅在芦沥荡内，当地人将此本山茶昵称为"荡种山茶"。

以前每到山茶花盛开时节，苏州等地的花船总要来新仓，用其他名种茶花调换"荡种"。

据说，一个苏州人从乍浦换回一株"荡种"新品，种在园中，花开双瓣多色，娇艳无比。主人兴之所至，便题名"倚阑娇"。因这个名字听起来易懂易记雅俗共赏，久而久之，铜雀春深锁二乔的花名被人们遗忘了，"倚阑娇"作为正式花名流传开了。

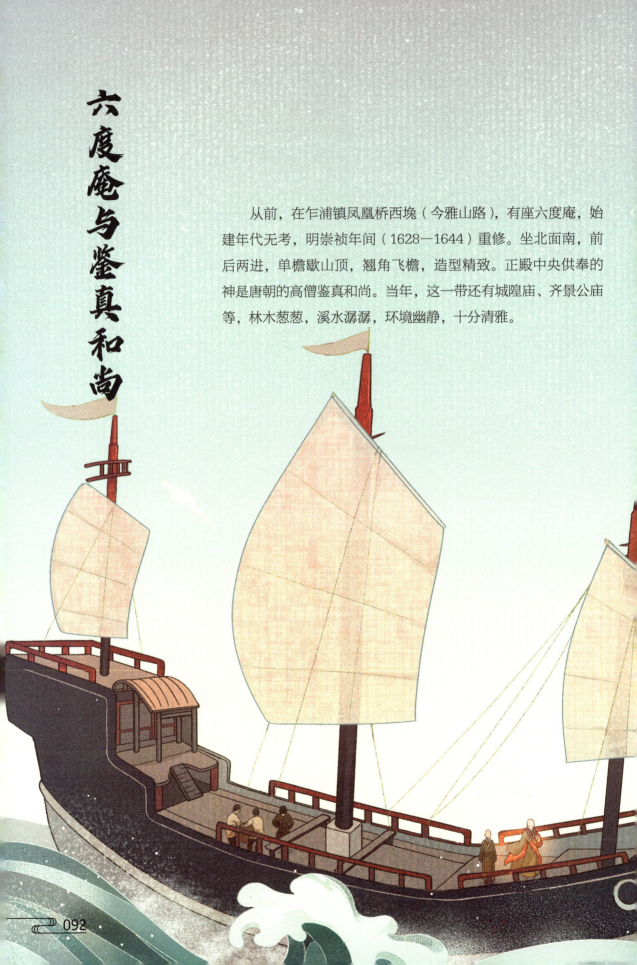

六度庵与鉴真和尚

从前，在乍浦镇凤凰桥西堍（今雅山路），有座六度庵，始建年代无考，明崇祯年间（1628—1644）重修。坐北面南，前后两进，单檐歇山顶，翘角飞檐，造型精致。正殿中央供奉的神是唐朝的高僧鉴真和尚。当年，这一带还有城隍庙、齐景公庙等，林木葱葱，溪水潺潺，环境幽静，十分清雅。

鉴真和尚（688—763）是唐朝高僧，也是佛教传到日本以后律宗的创始者。鉴真和尚是广陵郡江阳县（今扬州江都）人，俗姓淳于，十四岁出家，在扬州大云寺为沙弥，青年时代到长安、洛阳等地游学求师，研究律宗及天台宗教理，在佛学上很有造诣。回扬州后，担任大明寺住持。当时日本朝廷为加强对佛教寺院的管理，效法中国，建立施戒制度，派遣僧人荣叡、普照来中国访求高僧赴日本传道弘法。鉴真接受日本邀请，自天宝二年（743）春起，前后五次东渡，历尽艰辛，均告失败，仍不气馁，在天宝十二年乘日本遣唐使归舟，第六次携带僧尼及工匠二十余人，终于抵达日本。次年在日本皇家首刹东大寺，主持全国僧徒受戒传律，奠定了日本律宗基础。鉴真成为日本佛教律宗的开山鼻祖。

鉴真和尚前后六次东渡，其中，天宝二年（743）十二月的一次，从扬州出发，除鉴真和荣叡、普照等僧人外，还有画师、雕檀、刻镂、铸写、镌碑等工匠共一百八十五人。满载人和物资的军船，经大运河入长江，到了长江口狼山附近的浪沟浦，江面辽阔，白浪滔滔。船行不久，忽然海上狂风大作，波涛汹涌，触到了暗礁，军船被撞破，只得下锚停靠。第二天，风浪小了，船匠赶紧把船修理好，继续起锚开航。船到了杭州湾口，风浪又大起来了。他们只好就近停靠在下屿山（今乍浦东南王盘山岛屿之一），一行人在此待航，等了一个月，才遇到顺风，继续起航。

鉴真和尚及其弟子在日本弘法传律的同时，还建寺造像。为了接纳更多的戒律僧侣学习、进修，一座新的寺院奈良"唐招提寺"，在鉴真和尚及其弟子的勠力同心下，终于在日本天平宝字三年（759）建成。

鉴真和尚在日本仅生活了短短十一年，于天平宝字七年（763年，唐广德元年）五月六日病逝，终年七十六岁。他的日籍弟子淡海三船又名真人元开，在《唐大和上东征传》中称誉鉴真和尚对日本宗教影响"如一灯燃百千灯"。

杭州湾沿线人民为了缅怀鉴真和尚，就集资在素有"江浙门户"之称的乍浦镇，建造了这座鉴真和尚的纪念堂"六度庵"。

吕纯阳的故事

乍浦西门外，有个陈相先。陈相先十六岁那年，在城内火神弄口那爿剃头店里学生意。每天，他从家里出来，走到城门口，总看见有个叫花子模样的人横躺在那里。这个叫花子真叫特别，一年四季，不管刮风下雨，冰天雪地，只穿一件破烂衣衫，从来不盖被子，而且用自己的嘴对着一个尿壶的嘴呼呼大睡。

陈相先每次经过，都会停下脚步看几眼。尤其使他不可理解的是，自他开始做学徒到满师，后来又接替师父掌管剃头店，掐指一算足足二十年了，这个叫花子从来不挪动地方，在城门口足足睡了二十年。

陈相先左思右想，也足足琢磨了二十年，有一日他终于悟出了奥妙：嘴对着尿壶嘴，口叠口，分明是个吕字。原来这个叫花子就是吕纯阳吕神仙了。

陈相先兴奋得一夜都没睡着觉，一清早急急忙忙来到城门口，跪在叫花子面前，恳求道："吕天仙，我拜您为师！"

叫花子微微睁开眼睛，瞄了陈相先一眼："你小子，好好的剃头师傅不做，想做叫花子吗？"

陈相先口气坚决地说："您一定是仙家吕纯阳，我一定要拜您为师！"

叫花子夸张地擤了一下鼻子，挤出两条长长的清鼻涕朝破衣服上一抹，慢吞吞地站起身，打了一个呵欠，伸了一个懒腰，把尿壶夹到腋下，懒洋洋地说："你小子一定要拜我为师，可千万不要后悔噢！"

"不后悔！"陈相先爽快地回答，又补上一句，"绝不后悔！"

"既然不后悔，那就跟我走吧。"

叫花子说罢，头也不回地在前面走，陈相先一步不离地在后面跟。

只一会儿工夫，两人就走到了天妃宫外。只见叫花子采下一片竹叶，吹一口气，朝海里一丢，竹叶马上变成了一只小船。当时正在涨潮，海浪滚滚，小船在浪尖上上下颠簸，左右摇晃。叫花子朝陈相先眨眨眼道："你先下去吧。"

陈相先一看，吓得汗毛根根竖起，浑身抖得像筛糠，期期艾艾地说："不、不，吓、吓死我了！"

叫花子笑了笑，不紧不慢地说："那我下去了。"说着，轻轻一跳，稳稳地立在船头上，小船迅速朝远海漂去。陈相先只见小船一会儿被海浪卷入谷底，一会儿又被抛上浪尖。随着海浪的推涌，小船越来越大，竟然变成了一艘大舢板。他忙大声地喊道："师父！让我也去！让我也去！"谁知叫花子头也不回，一声不应。眼看着大舢板驶入茫茫大海中，漂向遥远的天际，陈相先垂头丧气地转过身，只见天妃宫的墙上留有一首诗：

> 我在乍浦二十年，无人识我吕神仙。
>
> 有人识我吕神仙，叫伊上天勿上天。

陈相先读完诗，发出"唉"的一声长叹，悔恨不已。

乾隆皇帝乍浦阅兵

相传公元1757年二月，乾隆皇帝爱新觉罗·弘历亲临乍浦检阅驻防八旗官兵骑射。

骑马射箭，是满族八旗青少年的必修课，弘历对此极为精通，他十一岁时就随祖父康熙皇帝玄烨骑马往热河、南苑打猎，曾向他的十六叔允禄、二十一叔允禧学习火枪、射箭。以后，弘历经常和兄弟、叔、侄或到西厂骑马射箭，或去南苑行围打猎，留下了不少诗篇。骑射田猎既是讲习武事，也是户外活动，锻炼身体，欣赏风景，是游览、娱乐的好机会。这些皇室青年长期憋在深宫中，一旦到了乡郊野外，心旷神怡，内心欢畅可想而知。弘历在很多诗中表露了这种心情。其中有一首诗这样写道：

拂柳穿花过小溪，紫骝不用锦障泥。

东风可是能裁剪，飘洒香红散马蹄。

弘历在位期间，国力强盛，四海升平。六次南巡到浙江，其中四次到达海宁，其中，乾隆二十二年（1757）二月，第二次南巡时曾亲临乍浦检阅驻防八旗官兵骑射。

乍浦，地处杭州湾之口，是江苏与浙江两省接壤处，南隔宁波海道四百余里，与省城杭州海口鳖子门很近，是江浙海道之咽喉，通达外洋诸国，最为重要。清朝顺治八年（1651），以京口（今江苏镇江）、省城杭州水师分兵驻防乍浦海口。沿用明朝旧制，设提督、总兵，并设副将、游击等武官。

到了雍正六年（1728），清廷又在乍浦城东北隅，建置满洲营一座，共建大小营房三千二百间，堆子房十六所。《平湖县志》记载：乍浦驻防鼎盛时，清政府设置铜、铁大炮一百一十座，设防于西山嘴葫芦城炮台、东长山炮台、陈山嘴炮台、天妃宫炮台等地。还设有火药局、军工厂等。凡水陆城门均派兵轮换值宿，掌管城门启闭。

历史上，乍浦八景之一的"平沙演武"，讲的就是乾隆皇帝乍浦阅兵的故事。那一次乾隆皇帝勘查浙江海塘后，亲临乍浦满洲大营，检阅驻防八旗官兵，旨在整肃、建立更加强大的军队。

三粒盐津豆
毁掉三间草棚屋

乍浦地方盛产蚕豆。蚕豆营养丰富，深受群众喜欢。蚕豆有好几种吃法，烧盐津豆（菜卤豆）是其中的一种吃法。它由于烧制简单，味道鲜美而广泛流行于普通百姓中。

相传在明朝年间，还发生过一则笑话。

当年，高丽国有一位客商来乍浦做生意。时值六月，当地不少妇孺老少都在"嘎嘣嘎嘣"地吃盐津豆，那客商也讨来一吃，不得了，这等味道鲜美之物他竟从未吃过。乍浦人好客，送了他一纸兜，高丽客商也"嘎嘣嘎嘣"地吃了起来，越吃越好吃，越吃越想吃。突然想到家里的老婆孩子从未吃过，不妨带点儿回去让他们也尝尝。可是一看兜里，只剩下三粒了。也罢，三粒就三粒，用一小瓶装了，准备带回家。

高丽客商回国后，忙于销售从乍浦进口的货物，忘了给老婆孩子吃盐津豆的事。忙活了三天后，猛然想起了三粒盐津豆，急忙回家，打开从乍浦带回家的行李，却怎么也找不到那个小瓶子。妻子问他：“你在找什么？”丈夫说：“我在找一个小瓶子。”妻子说：“是不是里面有三粒小东西的那个瓶子？”丈夫说：“是啊！”妻子笑着说：“别找了，那个小瓶子里的三粒果子，我们吃掉了，果子的皮特别好吃，里面的核太大，我把它们丢在草棚上，让它们明年长出果子来。”传说高丽国民间都有草棚，当地有个风俗，果子吃完，将核抛在草棚上，待明年长出果苗，再移栽到田里去。丈夫一听，又好气又好笑：“这个小东西叫盐津豆，已经煮熟了，外面是皮，里面是肉，不是核，只吃皮不吃肉真可惜，把好东西丢了，做了‘冲头’（傻事），你们知不知道，里面的肉比咱们的高丽参还补十倍哩！”这时，来了个人，催客商出去办事，客商又急匆匆地离开了家。

　　三天后，那个客商回到家中，一看傻了眼，怎么好端端的三间草棚不见了，忙问妻子，妻子说：“为了寻找比高丽参还要补十倍的三粒豆肉，扒掉了三间草棚，结果，一粒也没找到，一定是给老鼠吃了。”丈夫听了，呆呆地站在那里，一句话也说不出来。

　　后来，这件为了三粒盐津豆扒掉三间草棚屋的事，一直传到中国，成为笑谈。

《乍浦山海经》历经两年多编纂后，即将付梓。这是乍浦历
史文化研究和民间文学创作工作的一件大事，也是弘扬和传承
乍浦文化的一件喜事。该书图文并茂，通过文字和图画结合的
形式，新颖别致地对乍浦"山海经"进行了系统性梳理，内容囊
括乍浦的人文地理和历史传说，分为山篇、海篇、城篇三个部
分，是一本介绍乍浦历史文化和记录乍浦民间传说的经典著作。

　　乍浦镇地处杭州湾北岸，依山傍海，风景秀丽，自古就有
"江浙门户""海口重镇"之称，在清代就是浙北地区对外经济
文化交往的重要门户。境内有大量历史古迹，良渚文化时期戴
墓墩遗址、明代古城墙遗址、鸦片战争时期的炮台、数量众多
的古石桥古建筑等。同时，乍浦也散落着众多引人入胜的历史
故事和民间传说，这些历史故事和民间传说共同构成了乍浦千
年古镇丰厚的"山海经"，茶余饭后，滋养着一代又一代乍浦
子民。

　　文化，不仅记载着一个古镇的悠远历史，也反映着古镇的
深度和高度。汤和筑城、陆绩怀橘、红楼出海，诸如此类趣味
横生的故事和民间流传的"山海经"不胜枚举，它们在古镇文脉

传承中起着重要的作用，承载着历史的温度，记录着先民生活，欣欣然从亘古蛮荒通向广袤未来。

中共平湖市乍浦镇委员会、平湖市乍浦镇人民政府编辑出版这部书，旨在用实际行动传承和保护地方文脉，用图文记录描绘古镇的过去和现在，传播古镇的文明足迹。在编纂过程中，编辑人员仔细查阅资料，实地察看历史古迹，考证每一个细枝末节，考察每一项资源，同时对文稿结构进行了合理化调整，在听取有关专家建议的基础上，对每一篇文稿进行了四次精心细致的修改。

现在，在乍浦镇有关领导、专家的指导下，经过编辑同仁的认真编纂，该书将出版发行，我们每个参与者都心生欢喜，分外激动。但挂一漏万，本书在内容、结构、史料、可读性等诸多方面尚存诸多不尽如人意之处，敬请广大读者提出批评意见，我们将不胜感激，并留待今后拾遗补阙。

编　者

2023年7月